일척도 건곤 一擲賭乾坤

임영기 新무협 판타지 소설

FANTASTIC ORIENTAL HEROES

일척도건곤 6
임영기 新무협 판타지 소설

초판 1쇄 찍은 날 § 2008년 5월 16일
초판 1쇄 펴낸 날 § 2008년 5월 26일

지은이 § 임영기
펴낸이 § 서경석

편집장 § 문혜영
편집책임 § 정서진

펴낸곳 § 도서출판 청어람
등록번호 § 제1081-1-89호
등록일자 § 1999. 5. 31
어람번호 § 제2-1488호

주소 § 경기도 부천시 원미구 심곡1동 350-1 남성B/D 3F (우) 420-011
전화 § 032-656-4452 팩스 § 032-656-4453
http://www.chungeoram.com
E-mail § eoram99@chollian.net

ⓒ 임영기, 2007

ISBN 978-89-251-1315-9 04810
ISBN 978-89-251-1065-3 (세트)

※ 파본은 구입하신 서점에서 교환하여 드립니다.
※ 저자와 협의하여 인지를 붙이지 않습니다.
※ 이 책은 도서출판 청어람과 저작자의 계약에 의해 출판된 것이므로,
  무단 전재 및 유포·공유를 금합니다.

一擲賭乾坤
일척도건곤

임영기 新무협 판타지 소설
FANTASTIC ORIENTAL HEROES

6

일인영웅(一人英雄)

目次

第五十七章	천하제패(天下制覇)	7
第五十八章	새날	29
第五十九章	단봉군주(丹鳳軍主)	57
第六十章	양수집병(兩手執餠)	93
第六十一章	가려(佳麗)	115
第六十二章	봉황(鳳凰) 효웅(梟雄)을 만나다	137
第六十三章	검기(劍氣)	167
第六十四章	미궁(迷宮)	193
第六十五章	중천보(中天堡)의 탄생	215
第六十六章	불발(不發)	245
第六十七章	일인영웅(一人英雄)	271
第六十八章	단봉천기군(丹鳳天旗軍)	287

第五十七章
천하제패(天下制霸)

一擲賭者
乾坤

현재 정천기와 초혈기는 온몸 십여 군데에 깊은 검상을 입은 상태였다.

끝까지 단봉군주가 싸움에 가담하지 않았음에도 이들 둘은 단봉천기수 아홉 명의 노리갯감으로 끌려 다니듯이 싸우다가 중상을 입고는 결국 주저앉고 말았었다.

그런 그들을 추공과 홍엽이 제압하여 호선 앞에 무릎을 꿇게 만든 것이었다.

그때 호선이 손바닥을 펴서 곧게 세워 수도(手刀)로 만든 오른손을 슬쩍 들어 올렸다가 정천기를 향해 가볍게 내려치는 동작을 해 보였다.

팍!

"윽!"

그 간단한 동작에 정천기의 왼팔이 어깨에서 뎅겅 잘라져 허공으로 둥실 떠올랐다가 뒤쪽에 죽어 있는 검황루 고수의 시체 위로 툭 떨어졌다.

그것은 순식간에 벌어졌으며, 정천기와 초혈기는 물론 추공과 홍엽마저도 예상하지 못했던 일이었다.

호선이 무형강기, 즉 홍예강기를 발출한 것이다.

"으으……."

정천기는 손으로 잘려진 어깨를 부여잡고는 고통으로 얼굴을 잔뜩 일그러뜨렸다.

어금니를 악물고 있는 모습이 죽어도 신음을 흘리지 않으려는 기색이 역력했다.

호선은 상처에서 피가 흘러나오지 않게 할 수도 있었지만 일부러 그러지 않았다.

피가 나오지 않게 하려면 극양지공을 사용하면 간단하다. 그럼 잘라진 단면이 극양지기에 의해 순간적으로 지져져서 봉합이 되기 때문에 핏줄이 막혀 버리는 것이다. 그러나 그렇게 하면 고통이 덜 느껴진다.

호선은 정천기에게 극도의 고통과 수치심을 느끼게 하기 위해서 마치 무조차 자르지 못할 무딘 칼처럼 홍예강기를 뭉뚱그려서 발출했다.

그래서 정천기는 지금 생애 최초이며 최악의 고통을 맛보면서 그것을 참으려고 이를 악물고 있는 것이다.

초혈기는 움찔 놀라는 얼굴로 정천기를 쳐다보았다.

자신의 끊어진 어깨를 움켜잡은 정천기의 손가락 사이로 뿜어진 새빨간 핏줄기가 초혈기의 어깨와 옆구리를 붉게 물들이고 있었다.

"말하지 않을 테냐?"

그때 호선이 나직이 중얼거렸다.

초혈기는 반사적으로 그녀를 쳐다보다가 눈을 크게 떴다.

호선이 중지손가락을 뻗어 정천기를 가리키고 있는 것을 발견했기 때문이다.

"그만둬!"

슈웃!

놀란 초혈기가 다급하게 소리치는 것과 호선의 중지손가락에서 가느다란 한줄기 홍예강기가 일직선으로 뿜어진 것은 거의 동시였다.

팍!

"악!"

홍예강기는 정천기의 왼쪽 눈을 정확하게 파고들어 눈알을 여지없이 터뜨려 버렸다.

정천기는 비명이나 신음을 흘리지 않겠다는 본인의 의지와는 달리 짧은 단말마의 비명을 터뜨리고 말았다.

그 일지(一指)는 정천기의 왼쪽 눈알만을 터뜨렸을 뿐이지 눈 안쪽의 뇌는 일체 건드리지 않았다.

호선의 일지는 강력했지만 일부러 사정거리를 짧게 하여 눈알만 터뜨린 것이었다.

일지가 눈을 꿰뚫고 뒤통수로 빠져나와 관통을 했으면 정천기는 즉사했을 것이다.

그랬다면 눈알만 터졌을 때의 극심한 고통을 느끼지 않아도 좋았을 터이다.

"크으으……."

악다문 정천기의 이빨 사이로 고통이 진득하게 묻어 있는 신음이 새어 나왔다.

잘린 어깨와 한쪽 눈에서 시뻘건 피를 흘리고 있는 정천기의 모습은 그가 짓고 있는 고통스러운 표정이나 신음보다 더 참혹하게 보였다.

"이…… 미친년!"

초혈기가 호선을 당장이라도 잡아먹을 듯이 쏘아보았다.

팍!

"크악!"

그 순간 나직한 격타음과 함께 정천기의 처절한 비명성이 다시 터져 나왔다.

초혈기가 급히 정천기를 쳐다보자 그의 남은 오른쪽 눈알이 터져서 콸콸 피가 뿜어져 나오고 있었다.

"으으으……."

비로소 초혈기의 몸이 와들와들 떨리기 시작했다. 극도의 분노와 절망감. 그리고 사형인 정천기에 대한 한없는 연민, 죄스러움 같은 감정들이 마구 한데 어우러져서 그의 머릿속을 미친 듯이 휘젓고 있었다.

지금 정천기가 고통을 당하고 있는 이유는, 초혈기가 호선의 물음에 대답하지 않았기 때문이다.

그렇기 때문에 초혈기는 괴로웠다. 자신이 그 누구보다도 존경하고 따르는 사형이기에 자신이 고통을 당하는 것보다 더 괴로웠다.

호선이 듣고 싶어하는 대답을 자신이 알고 있다면 그는 지금 당장이라도 모조리 털어놓아 사형 정천기의 고통을 멈춰주게 하고 싶었다.

그러나 그는 정말 아무것도 알지 못한다. 아니, 검황루를 조종한 배후 인물 따윈 애초에 없었다. 그런데 대체 무슨 대답을 하라는 말인가?

"제발…… 우릴 죽여다오. 이런 잔인하고 비열한 짓을 하면서도 네가 일문의 지존이라고 할 수 있겠느냐?"

거친 다혈질의 성격인 초혈기는 상처 입은 맹수처럼 호선을 노려보며 으르렁거렸다.

추공과 홍엽은 호선의 뒷모습을 쳐다보며 똑같은 표정을 얼굴에 떠올렸다.

그것은 궁주가 나약해지지 않았다는 안도감과 예전에 비해 훨씬 잔인해졌다는 놀라움이 합쳐진 표정이었다.

"내가 궁금하게 여기는 사실을 말해주면 그 즉시 너희 둘을 편히 죽여주마."

"너는 무림오황인 본루를 배후에서 조종할 만한 인물이 있다고 생각하는 것이냐? 봉황옥선후라는 계집은 원래 그렇게 멍청했느냐? 엉?"

초혈기는 붉게 충혈된 눈으로 악을 썼다.

추공과 홍엽은 그의 말이 맞다고 생각했다. 천하에 대체 어느 누가 무림오황에게 명령을 내릴 수 있겠는가.

그래서 추공과 홍엽은 호선이 괜한 시간낭비를 하고 있다고 생각했다. 그것은 거의 단정에 가까웠다.

팍!

"흐악!"

그사이에 호선은 또다시 홍예강기를 발출하여 무릎을 꿇고 있는 정천기의 오른쪽 허벅지를 적중시켰다.

믿을 수 없게도 굵은 허벅지 하나가 뭉텅 떨어져 나가자마자 정천기는 상처에서 핏물을 쏟으면서 옆으로 기울어지더니 낙엽 위에 나뒹굴었다.

"크으으……. 제발…… 죽여다오……."

그는 쓰러진 채 하나뿐인 팔로 일어나 앉으려고 버둥거리면서 일그러진 얼굴로 더듬거렸다.

두 눈과 한쪽 팔과 한쪽 다리를 잃고 피투성이가 되어 꿈틀거리는 그의 모습은 사람이라기보다는 도살당하고 있는 한 마리 가축 같았다.
　아니, 가축보다도 못했다. 가축은 고통을 덜어주기 위해서 일격에 숨통을 끊어주는 자비라도 베풀지만, 호선은 반대로 목숨은 살려둔 채 고통을 주기 위해서 사지와 이목구비를 자르고 또 파내고 있지 않은가.
　"이 더러운 매소부(賣笑婦:창녀) 년아! 입고 있는 싸구려 옷이 영락없는 매소부 꼬락서니로구나! 그 옷을 사준 호리라는 협잡꾼이 네년의 정부냐? 너희 연놈이 붙어먹었다는 소문이 온 천하에 자자하더라! 푸핫핫핫! 봉황옥선후가 일개 협잡꾼의 계집이 되다니, 개가 웃을 일이다! 푸핫핫핫!"
　초혈기는 고개를 젖히고 광소를 터뜨렸다. 그는 자신의 말에 호선이 분노하여 빨리 죽여주기를 원했다.
　과연 호선의 두 눈에서 번쩍! 하고 거센 안광이 뿜어졌다. 얼마나 강한 안광인지 그녀의 뒤에 서 있는 추공과 홍엽의 눈에도 보였을 정도다.
　그러나 안광은 착각처럼 씻은 듯이 사라졌고, 그녀는 추호의 동요도 없이 손을 들어 올렸다.
　퍽!
　"크윽!"
　그녀의 손가락에서 홍예강기가 뿜어져 땅바닥에서 버둥거

리고 있는 정천기의 남은 팔 어깨에 적중됐다.

너무도 간단하게 끊어진 팔은 허공으로 반 장이나 튀어 올랐다가 그의 몸 위로 툭 떨어졌다.

"크으으……."

정천기는 극도의 고통을 이기지 못하고 양어깨에서 피를 흘리며 데굴데굴 구르면서 몸부림쳤다.

무슨 일이든, 어떠한 상황이든 하늘 아래에 존재하는 모든 것들에게는 한계라는 것이 있다. 고로 정신력에도, 고통에도 한계가 있다.

아주 특별한 인물이라고 해도 정신력으로 버틸 수 있는 한계를 넘어서는 순간 평범한 사람이 되거나 아예 그보다 못한 상태가 되고 만다.

고통이라는 것도 마찬가지다.

제아무리 지독한 고통이라고 해도 뇌와 신경이 더 이상 견디지 못할 정도가 되어 한계를 넘어버리면 무감각한 상태가 되고 만다.

정천기의 정신력과 고통의 한계 싸움에서는 결국 정신력이 굴복하고 말았다.

정신력이 무너져 버린 육체란 고깃덩어리에 불과하다.

그 고깃덩어리가 잘라지고 짓뭉개져서 피를 철철 흘리면서 뒤틀리고 있다.

"크아아—!"

정천기는 미친 듯이 몸부림치면서 처절한 비명을 질러댔다.

지금 그에게 한 가지 소원이 있다면 빨리 죽어서 이 고통에서 해방되는 것뿐이었다.

초혈기로서는 한 번도 들어본 적이 없는 사형의 처절한 비명이었다. 그래서 그의 가슴은 더욱 갈가리 찢어졌다.

정천기를 존경하는 만큼, 고통은 더 컸다. 그래서 사실 정천기가 당하고 있는 육체의 고통보다 그것을 지켜봐야만 하는 초혈기의 고통이 훨씬 더 컸다.

"제발! 이제 죽여줘!"

정천기는 더 이상 수양이 깊고 후덕한 덕륭망존(德隆望尊)의 검황삼기 중 한 명이 아니었다.

지금의 그는 끔찍한 고통에 몸부림치는 가련한 한 명의 인간일 뿐이었다.

초혈기는 악에 받쳐서 자신의 머리를 쥐어짰다. 지금 이 순간, 호선에게는 모른다든지 배후 따윈 없다, 라는 말은 절대 통하지 않는다.

무엇인가 그녀가 납득을 하고 고개를 끄덕일 만한 말을 해주어야만 이 저주받을 행위가 끝날 것이다.

추공과 홍엽은 놀라움을 감추지 못하고 있었다. 조금 전에 한 초혈기의 조롱 섞인 말 때문이었다.

두 사람은 호선이 백여 일 전에 항주성에서 실종된 후 지금껏 어디에서 무엇을 하고 있었는지 전혀 모르고 있다.

호선이 실종된 직후 봉황궁은 벌집을 쑤셔놓은 것처럼 발칵 뒤집어졌었다.

항주성은 물론이고, 인근 수백 리 일대를 이 잡듯이 수색한 것은 당연한 절차였다.

하지만 어디에서도 호선의 흔적조차 찾아낼 수가 없었다.

다만 개방 항주분타의 거지들이 총동원되어 항주성과 인근을 샅샅이 수색하는 광경이 봉황궁 고수들에 의해 도처에서 목격되었을 뿐이다.

개방은 검황루 휘하에 있다. 그래서 추공과 홍엽은 검황루가 호선의 암습과 실종에 관계가 있다고 판단, 개방과 검황루를 동시에 감시하기 시작했다.

그러나 개방은 모든 보고를 비합전서로 하기 때문에 그들이 무엇을 찾고 있는지, 또한 무엇을 찾아냈는지에 대해서는 알아낼 방도가 없었다.

추공과 홍엽이 백사장에서 바늘 하나를 찾는 막막한 심정으로 있을 때 한 통의 급보가 날아들었다.

초혈기와 그가 이끄는 검황루 최정예고수 십검전단이 북경 검황루를 떠났다는 보고였다.

그래서 추공과 홍엽은 그들을 추격했고, 결국 이곳까지 오게 된 것이었다.

그러니 호선이 그동안 어디에서 무엇을 하다가 이곳까지

흘러오게 됐는지 알 턱이 없었다.

그런데 초혈기의 입에서 느닷없이 '호리'라는 괴상한 이름이 튀어나온 것이다.

검황루는 호선을 계속 추적, 감시하고 있었기 때문에 그녀에 대해서는 잘 알고 있을 것이다.

또한 초혈기 정도의 인물이 아무런 근거도 없는 말을 단지 호선의 부아를 돋우기 위해서 뱉어낼 리가 없었다.

더구나 그는 '호리가 사준 싸구려 옷'이라는 말을 했다.

추공과 홍엽은 호선이 입고 있는 울긋불긋한 봉황의를 새삼스레 다시 쳐다보았다.

아무리 좋게 봐주려고 해도 천박한 노류장화들이나 입는 싸구려 옷이 분명했다.

더구나 초혈기는 호선이 호리와 붙어먹었으며, 호리라는 자가 그녀의 정부라고 했다. 또한 그 소문이 천하에 자자하게 퍼졌다고도 했다.

옷 한 벌에 성 한 채 값을 지불하고서도 마음에 들지 않는다고 찢거나 하녀들에게 주는 호선이었다.

도대체 그녀에게 무슨 일이 있었기에 구리돈 몇 냥짜리 싸구려 옷을 태연하게 입고 있는 것인지 모를 일이었다.

추공과 홍엽은 가슴이 답답했지만 지금으로서는 아무것도 확인할 방도가 없었다.

슥!

그때 호선이 다시 조용히 손을 들어 올렸다.

"그, 그만! 말하겠다!"

그와 동시에 초혈기가 발작적으로 외쳤다. 정천기가 정신력의 한계를 넘어섰을 때, 초혈기도 같은 상황이었다. 그러나 그의 정신력이 무너진 것은 정천기의 육체적인 고통과는 달리 정신적인 고통 때문이었다.

호선은 손을 들어 올린 상태에서 냉엄한 표정으로 초혈기가 입을 열기를 기다렸다.

그의 대답 여하에 따라서 출수를 할 수도, 하지 않을 수도 있다는 뜻이다.

초혈기는 체념한 듯한 얼굴로 중얼거렸다.

"반… 년 전쯤에 보리옥불(菩提玉佛)이 본루에 왔었다."

'보리옥불?'

여간해서는 놀라는 일이 없는 추공과 홍엽이 '보리옥불'이라는 말에 가볍게 안색이 변했다.

'그가 무엇 때문에 검황루에?'

당연한 의문이었다. 보리옥불과 검황루는 추호도 연관이 없는 관계이기 때문이다.

보리옥불은 소림사의 승려다.

아니, 더 정확하게 설명하자면 살아 있는 부처. 즉, 활불(活佛)이라고 추앙받는 존재이다.

소림사의 장문인이나 장로들조차도 그의 앞에서는 무릎을

꿇고 머리를 조아린다고 한다.

한마디로, 보리옥불은 천하 모든 불문(佛門)의 승려들이 살아 있는 신으로 여기는 존재라고 하면 틀리지 않은 표현일 것이다.

불문의 활불인 보리옥불이 유림(儒林)의 총본산인 검황루에 찾아갔다는 사실은 분명히 평범한 일은 아니다.

그러나 불문과 도가(道家)가 적이 아니듯이, 불문은 유림과도 적이 아니므로 보리옥불이 검황루를 찾아갔다는 사실이 전혀 있을 수 없는 일이라고 보기는 어려웠다.

"그자가 무엇 때문에 검황루에 갔었느냐?"

호선은 초혈기의 입에서 보리옥불이라는 말이 나왔을 때에도 표징이 조금도 변하지 않았다.

더구나 보리옥불을 '그자' 라고 칭하는 사람은 천하에 호선 한 사람뿐일 것이다.

"보리옥불은 루주와 대사형과 대화를 나누고 돌아갔기 때문에 나는 대화 내용을 모른다!"

"그자가 날 죽이라고 황비천(黃飛天)에게 말한 것이냐?"

황비천은 검황루주인 천궁검(天窮劍)을 가리킨다. 호선은 아마 당금의 황제도 거침없이 이름을 부를 터이다.

"그렇다!"

초혈기는 귀찮다는 듯 소리쳤다.

호선은 입술 끝으로만 흐릿하게 미소 지었다.

"너는 방금 보리옥불이 황비천과 무슨 대화를 나누었는지 모른다고 하지 않았느냐? 그런데도 보리옥불이 나를 죽이라고 사주했다니?"

"그것은……."

순간 초혈기는 가볍게 움찔했다. 하지만 곧 표정의 변화 없이 태연하게 대꾸했다.

"루주께서 나중에 대화 내용을 말씀해 주셨다."

그는 모든 것을 포기하고 이미 죽음을 각오한 상태다. 아니, 어서 빨리 죽여주기를 원하고 있다.

그렇지만 죽어가면서까지도 검황루에 누를 끼치게 될 일은 하지 않으려고 애썼다.

보리옥불은 정말 검황루에 왔었다. 하지만 그가 루주, 그리고 대사형과 무슨 대화를 주고받았는지를 정천기와 초혈기는 모르고 있다.

다만 그는 호선이 자신과 정천기를 한시라도 빨리 죽여주기를 원하고, 또 이번 일의 배후에 보리옥불이라고 거짓말을 하여 호선이 헛수고를 하거나, 최악의 경우 보리옥불과 한바탕 싸움이라도 벌이기를 바라고 있었다.

어쩌면 그것은 지금의 초혈기가 할 수 있는 유일한 간접적인 복수일 수도 있었다.

"알았다."

호선은 고개를 끄덕였다.

"어서 죽여라."

초혈기는 이승에 잠시라도 더 머물러 있는 자체가 치욕이라는 듯 죽기를 서둘렀다.

그러나 그는 빨리 죽어야 하는 일에 바빠 제정신이 아니라서 미처 깨닫지 못한 것이 있었다.

검황루주가 보리옥불과의 대화 내용을 그에게 말해주었다고 했는데도 불구하고 호선은 그저 알았다고만 하고 더 이상 캐물으려고 하지 않았다. 그것은 그녀가 초혈기의 말을 믿지 않는다는 뜻이었다.

그러나 호선은 자신이 항주성에서 암습을 당하기 얼마 전에 보리옥불이 검황루에 왔었다는 사실은 믿었다.

"이 두 놈을 본궁 뇌옥에 가둬라."

호선은 정천기와 초혈기에게서 시선을 거두며 나직이 명령을 내렸다.

"무, 무슨 소리냐? 약속이 틀리지 않느냐?"

초혈기는 악을 쓰며 울부짖다가 미끄러지듯이 다가온 백봉황기수에 의해서 혼혈이 제압되어 정신을 잃었다.

두 명의 백봉황기수가 정천기와 초혈기를 데리고 사라진 후 호선은 잠시 생각에 잠겼다.

그녀가 바라보는 곳은 어김없이 서북쪽 하늘이었다.

그곳 하늘 아래에는 낙양이 있고, 그곳 어딘가에 필경 호리가 있을 터이다.

이제 호선은 잃어버린 예전의 기억을 한 톨까지도, 그리고 봉황궁주라는 신분을 완전히 되찾은 상태다.

기억을 되찾기 전에 그녀가 스스로에게 했던 약속과 결심대로라면 지금 즉시 모든 것을 훌훌 털어버리고 호리에게 달려가야만 하는 것이다.

그러나 그녀가 되찾은 것은 기억과 신분만이 아니다.

과거 천하의 어느 누구도 꺾지 못했던 불굴의 투지와 야심, 그리고 자존심까지 회복했다.

지금 호선은 너무도 호리가 보고 싶고 그리웠다. 그의 모습이, 그의 목소리가 미치도록 그리웠다.

그래서 호리궁을 타고 여행하는 동안 그와 함께 먹고 마시면서 그의 그림자처럼 붙어 지내며 생활하고 싶어서 금방이리도 숨이 멎을 것만 같았다.

그렇게 하려고 마음만 먹으면 지금 당장 낙양으로 달려가기만 하면 될 일이다.

호리도 지금 그녀를 애타게 기다리고 있을 것이다. 그것을 의심해 본 적은 한 번도 없었다.

그렇지만 호선의 마음속에서는 또 하나의 뜨거운 열망이 꿈틀거리고 있었다.

호리를 그리워하는 애틋한 마음하고는 사뭇 다른 형태지만 그에 못지않은, 아니, 어쩌면 그보다 훨씬 더 큰 유혹일지도 모른다.

천하제패(天下制覇).

바로 그것이었다.

그녀는 지금도 생생하게 기억하고 있다. 만약 기억을 되찾게 된다면, 자신이 알지 못하던 그 무엇 때문에 호리에게 돌아가지 못하게 될지도 모른다던 그 우려를.

그것이 지금 현실로 나타났다. 그리고 그녀는 그것 때문에 고뇌하고 있는 중이다.

추공과 홍엽은 호선의 생각이 정리되기를 묵묵히 기다렸다.

'호리는 언제라도 만날 수 있어. 하지만 천하제패의 시기는 지금뿐이야. 물실호기(勿失好機). 이 기회를 놓치면 평생 후회하게 될 거야!'

이윽고 그리움으로 가득 물들었던 호선의 눈빛이 점차 차가워지기 시작했다.

'마랑군은 내가 없는 상황에서 이미 행동을 개시했다.'

그것은 이미 사전에 마랑군과 약속했던 일이었다. 두 사람 중에 누구에게 무슨 일이 생기더라도 약속한 날짜에 천하대계를 개시하자는 약속이었다.

'이렇게 손을 놓고 있으면 나중에 마랑군이 천하를 독식하는 것을 두 눈 뜨고 뻔히 바라볼 수밖에 없게 된다.'

마침내 호선은 서북쪽 하늘에서 시선을 거두었다.

"단봉."

그녀의 부름에 줄곧 근처에서 대기하고 있던 단봉군주가 가볍게 어깨를 흔들었나 싶은데, 어느새 호선 앞에 무릎을 꿇고 있었다.

"하명하십시오."

호선은 경치를 구경하듯 뒷짐을 진 채 묵묵히 정면을 응시하고 있었다.

그러나 사실 전음으로 단봉군주에게 명령을 내리고 있는 중이었다.

단봉군주는 그 자리에서 일어나 호선을 향해 공손히 허리를 굽힌 후 슬쩍 어깨를 흔들었다.

스웃!

순간 그녀는 선 채 뒤로 둥실 떠올랐다가 불어오는 한줄기 바람을 나고 시위를 떠난 활처럼 쏘아갔다.

그녀가 쏘아가고 있는 방향은 서북쪽이었다.

추공과 홍엽은 호선이 단봉군주에게 무엇을 명령했는지 궁금했지만 감히 물어볼 수는 없었다.

다만 호선이 조금 전에 서북쪽 하늘을 망연히 바라봤었고, 단봉군주가 서북쪽으로 쏘아간 것으로 미루어 한 가지 추측을 하고 있었다.

추공과 홍엽은 서로의 얼굴을 마주 쳐다보며 속으로 똑같이 중얼거렸다.

'호리에게 보냈다.'

꾸우우!

그때 하늘 높은 곳에서 날카로운 울음소리가 터졌다.

홍엽이 올려다보니 봉황궁에서 전서용(傳書用)으로 사용하고 있는 금빛 깃털의 매 금혈비응이 수십 장 높이의 하늘에서 맴돌고 있었다.

그녀가 하늘을 향해 왼팔을 뻗자 금혈비응이 급전직하 수직으로 내리꽂히더니 잠깐 사이에 소매가 걷어진 그녀의 왼쪽 팔뚝 위에 내려앉았다.

전설의 영물인 금혈비응의 발톱은 철판마저도 종잇장처럼 찢는다고 한다.

그러나 지금은 날카로운 발톱을 감추고 있었다. 홍엽의 희고 여린 팔뚝에 내려앉았기 때문이다. 금혈비응은 그 정도로 영특한 영물이었다.

금혈비응의 대롱에서 돌돌 말린 서찰을 꺼내서 읽은 홍엽이 즉시 호선에게 보고했다.

"궁주, 봉황궁의 마신전사들이 낙양 무황성으로 향하고 있다는 보고예요."

第五十八章
새날

一擲賭者
乾坤

 무향성 성문 앞은 평소와 다름없이 열 명의 감문위사들이 지키고 있었다.
 성문을 등지고 성문 한복판에 우뚝 서 있는 감문위사의 조장은 전면에서 무엇인가 반짝이는 물체를 발견하고 가볍게 표정이 변했다.
 아주 작아서 처음에는 금귀자(金龜子:풍뎅이)인가 여겼는데, 그것이 빠른 속도로 자신을 향해 쏘아오고 있다는 사실을 깨닫고 정신이 번쩍 들었다.
 정신이 들었을 때 그 반짝이는 물체는 어느새 조장의 일 장 앞까지 쏘아오고 있었다.

쉬익! 팍!

그 물체는 조장의 귓전을 날카롭게 스치고 지나가 뒤쪽 성문에 깊숙이 꽂혔다.

"으으……."

조장은 너무 놀라고 겁에 질려서 온몸이 통나무처럼 뻣뻣해졌기 때문에 즉시 뒤돌아볼 수 없었다.

대신 좌우에 서 있던 감문위사들이 성문에 꽂힌 한 자루 단검을 향해 우르르 달려들었다.

단검에는 하나의 좁게 접혀진 서찰이 묶여 있었다.

"미친놈! 이따위 장난질에 내가 속을 줄 아느냐?"

이소성주 혁련무성은 황룡위장이 전해준 서찰을 와락 구겨서 바다에 팽개치며 인상을 썼다.

그렇지 않아도 부친인 무황성주와 형 혁련천풍이 아직껏 돌아오지 않고 있으며, 무황오룡위마저 고수들을 이끌고 성을 떠나는 등 어수선한 분위기 때문에 신경이 극도로 날카로워져 있는 혁련무성이었다.

원래 천하의 정세가 어떻든지, 누가 흥하고 누가 망하는지 따위에는 추호도 관심이 없는 그다.

그의 관심사는 그저 부친의 비호 아래 무소불위의 권력을 휘두르면서 돈을 흥청망청 물 쓰듯 쓰고, 천하의 온갖 아름다운 계집들을 두루 정복하는 것뿐이다.

그런데 무황성 내가 이리 뒤숭숭하니 술맛도 떨어지고, 계집을 품어도 흥이 나지 않았다.

"고영, 이놈이 아직 살아 있다는 말인가?"

혁련무성은 질긴 고기를 씹듯이 뇌까렸다.

그는 일전에 연지의 사형 고영이라는 놈을 죽이라고 황룡위에게 명령했었다.

그래서 황룡위가 알아서 어련히 처리했거니 여겼을 뿐 그다지 신경을 쓰지 않았었다.

그런데 방금 그 고영이라는 놈이 말도 되지 않는 내용의 서찰을 자신의 앞으로 보내온 것이었다.

"그만 나가봐라."

혁련무성은 손을 저어 황룡위장을 내보내고는 잠시 쉬고 있던 손을 다시 움직이기 시작했다.

그의 손은 옆에 바짝 붙어 앉은 한 여자의 앞섶 속으로 미끄러지듯이 파고들었다.

그녀는 묘강(苗疆)의 어느 오지 마을에서 산적들에게 납치된 후 노예상인에게 팔렸다가 다시 낙양의 기루에 팔려온 것을 우연히 혁련무성이 발견하여 무황성 자신의 거처인 낭원으로 데려온 가련한 처지였으며, 이제 겨우 십육 세밖에 되지 않은 어린 나이였다.

소녀는 겁에 질려 가녀린 몸을 오들오들 떨면서 감히 혁련무성의 손을 뿌리치지도 못했다.

소녀의 앞섶 속으로 헤집고 들어간 혁련무성의 커다란 손아귀에 봉긋하고 제법 살집이 오른 탱글탱글한 젖가슴이 가득 잡혀들었다.
"아······."
혁련무성이 입술을 비틀면서 묘한 미소를 지으며 유방을 잡은 손에 약간 힘을 주자 소녀가 아미를 찡그리며 낮은 탄성을 터뜨리면서 몸을 뒤챘다.
"흐으······. 가만히 있어라, 이년아."
혁련무성은 다른 손으로 소녀의 상체를 꽉 붙잡아 움직이지 못하게 하면서 그녀의 상의를 거칠게 벗기다가 뜻대로 되지 않자 북북 찢어발겼다.
그는 연지를 납치해 온 이후부터는 예전처럼 허랑방탕한 생활을 심하게 하지 않았다.
반성을 했다든지 정신을 차려서 자제하는 것이 아니라 연지에게 신경을 쓰다 보니 자연히 그렇게 됐다.
처음에 그는 우연히 연지가 눈에 띄어 그저 한동안 노리갯감으로 삼으려고 납치해 왔었다.
그런데 산동성에서 낙양으로 오는 마차 안에서 그는 연지를 희롱하다가 그녀에게 얻어맞아 앞니 두 개가 부러지는 황당한 일을 당했고, 무황성에 당도해서도 그녀는 결코 호락호락하지 않았었다.
물론 혁련무성이 힘으로 그녀를 무너뜨리는 것은 그리 어렵지 않은 일이다.

하지만 그러고 싶지 않았다. 연지가 스스로 자존심을 꺾고 자신의 품에 안겨오기를 기다렸다.

혁련무성이 정말로 사랑하는 여자는 봉황옥선후라는 도저히 넘볼 수 없는 하늘 같은 존재였었다.

그가 연지를 납치한 것은 그녀의 체형, 즉 몸매가 봉황옥선후를 닮았기 때문이었다.

그런데 넉 달여가 지난 지금, 혁련무성은 마음속으로부터 연지를 진심으로 사랑하게 되었다.

어이없게도 천하의 파락호인 그가 진정한 사랑에 눈을 뜨게 된 것이다.

그렇지만 그는 여전히 제대로 사랑하고 사랑받는 방법을 깨닫지 못하고 있었다.

"헉… 헉! 이년……."

혁련무성의 호흡이 점차 거칠어졌다. 그는 소녀의 유방에 얼굴을 묻은 상태에서 손을 미끄러지듯이 아래로 내려 허벅지를 더듬었다.

소녀의 몸이 뻣뻣하게 굳어졌다. 온몸에 힘이 들어갔고, 다리를 벌리지 않으려고 버둥거렸다.

"이년!"

철썩!

"악!"

혁련무성은 소녀의 사타구니에 손을 쑤셔 넣으려고 용을 쓰다가 뜻대로 되지 않자 끝내 신경질적으로 그녀의 뺨을 후려갈기고 말았다.

소녀는 풀잎처럼 몸이 허공으로 붕 떠올랐다가 힘없이 바닥에 내동댕이쳐졌다.

방금의 일격에 공력이 실리지는 않았다고 하지만, 홧김에 힘껏 내뻗은 손바닥에 정통으로 얻어맞았으니 연약한 소녀가 견뎌내지 못한 것이다.

"아……!"

그때 입구 쪽에서 들려온 나직한 탄성에 혁련무성은 퍼뜩 정신을 차리고 그쪽을 쳐다보았다.

언제 들어섰는지 방문이 활짝 열려 있었고, 방 안쪽에 연지기 얼굴 가득 놀란 표정을 떠올린 채 혼절해 있는 소녀를 바라보고 있었다.

"연… 지."

언젠가부터 혁련무성은 연지를 함부로 대하지 못했고, 그 자신도 그런 사실을 알고 있었다.

아마도 그녀를 사랑하고 있다는 사실을 깨달은 순간부터였을 것이다.

혼절한 소녀의 갈가리 찢어진 상의는 그녀의 상체를 조금도 가려주지 못해서 묘강족 특유의 까무잡잡하고 건강한 피부와 탱탱한 젖가슴이 고스란히 드러났고, 치마가 뒤집어져서 늘씬하고도 탱탱한 허벅지와 속곳까지 드러나 있는 상태였다.

그녀는 뺨을 바닥에 대고 있는데 입에서 흐른 피가 바닥을 붉게 물들였다.

혁련무성은 일어나지도 앉지도 않은 엉거주춤한 자세로 소녀와 연지를 번갈아 쳐다보면서 적잖이 당황한 얼굴로 먹히지도 않을 변명을 늘어놓았다.

"연지가 내 마음을 몰라주니까……. 그래서… 하도 답답해서 저 계집하고 얘기나 좀 하려고 했는데……."

연지가 혁련무성의 거처인 추혼각에 발을 들여놓은 것은 지금이 처음이다.

그녀가 범의 아가리나 다름이 없는 이곳에 제 발로 찾아오리라고는 꿈에도 생각하지 못했던 혁련무성이다.

사실 연지가 여기까지 오게 된 데에는 오랜 시간과 용기가 필요했다.

"사형은 오셨었나요?"

연지는 혁련무성의 변명 따윈 듣기도 싫다는 듯 차분하려고 애쓰면서 그를 똑바로 응시하며 입을 열었다. 그녀가 궁금한 것은 그것뿐이었다.

"사형?"

혁련무성이 아닌 밤중에 무슨 소리냐는 듯한 표정을 짓자 연지는 가볍게 아미를 찌푸렸다.

"당신은… 우리 사형이 찾아오면 날 놓아준다고 약속한 것을 잊었나요?"

"아… 그랬었지."

혁련무성은 지금의 낭패한 상황을 연지의 사형 얘기로 유야무야 얼버무려야겠다는 생각을 하고는 입가에 흐릿한 미소가 떠올랐다.

"그가 이곳에 찾아올 턱이 있나?"

문득 연지는 그의 말에서 묘한 여운을 감지하고 가볍게 아미를 찌푸렸다.

"찾아올 턱이 있냐고요? 그게 무슨 뜻이죠? 설마 사형에게 무슨 짓이라도 한 것인가요?"

혁련무성은 두 손을 내저으며 약간 당황했다.

"천만에! 어디까지나 약속은 약속인데 내가 그런 짓을 할 리가 있겠어? 내 말은 연지의 사형이 아직 찾아오지 않았다는 뜻이야. 오해하지 말라구!"

혁련무성은 자신이 진심으로 사랑하는 여자는 뜬구름 같은 봉황옥선후가 아니라 연지라는 사실을 깨닫게 되고부터 연지에 대한 행동이 크게 바뀌었다.

원래도 연지에겐 함부로 하지 못하는 그였는데, 그런 사실들을 깨닫고 나서는 그녀의 먹는 것, 입는 것까지도 하녀들에게 일일이 지시할 정도로 신경을 쓰고 있었다.

"이소성주님!"

그때 아까 내보냈던 황룡위장이 연지 곁을 스치며 급히 달려 들어왔다.

"무슨 일이냐?"

며칠 만에 보게 된 연지와의 만남이 방해를 받는다는 생각에 혁련무성은 가볍게 인상을 쓰며 내뱉었다.

"혹시나 해서 선화원(仙花苑)에 가보았는데, 삼소성주께서 어젯밤에 귀가하시지 않았다고 합니다."

황룡위장은 긴장된 표정으로 보고했다. 그는 서찰의 내용이 하도 께름칙해서 직접 선화원에 갔었던 것이다.

이곳 낭원이 혁련무성의 거처이듯, 선화원은 삼소성주 혁련상예의 거처다.

그리고 '선화'라는 이름은 그녀의 아호인 강북선화에서 유래된 것이다.

부친 무황성주나 형 혁련천풍과 함께 출전한 것이 아니고, 혁련상예 혼자 외출을 했다가 외박을 한 경우는 여태껏 한 번도 없었던 일이다.

기묘한 불안감이 혁련무성의 가슴속 깊은 곳에서 어둠처럼 스멀스멀 기어 올라왔다.

"선화원의 적룡위사들이 낙양성 내를 이 잡듯이 뒤지고 있는데도 삼소성주는 물론 어떤 흔적조차도 아직 발견하지 못했다고 합니다."

혁련무성의 얼굴이 점점 보기 싫게 일그러지더니 마침내

씹어뱉는 듯한 욕설이 입에서 튀어나왔다.

"으음! 이놈 새끼! 거짓말을 한 것이 아니었군! 그 자식이 상예를 납치했어!"

그는 방문 밖을 향해 나는 듯이 달려나갔다.

"가자!"

실내에는 연지와 혼절한 소녀 둘만 남게 되었다.

연지는 적이 놀란 얼굴로 그 자리에 가만히 서 있었다.

삼소성주라면 혁련무성의 누이동생이다. 하지만 그녀의 이름이 '상예'라는 사실은 방금 전에 알았다.

방을 나가기 직전에 혁련무성이 한 말로 미루어, 그녀 혁련상예가 누군가에게 납치된 것이 분명했다.

문득 연지의 입가에 쓴웃음이 피어났다. 납치라는 것은 혁련무성만 하는 줄 알았는데 누군가 그 누이동생을 납치했으니, 이런 일도 있나 싶은 생각이 들었다.

그렇다고 해서 그녀는 고소하다거나 통쾌한 기분 같은 것은 들지 않았다.

남의 일이라고 해도, 그리고 누가 납치되었든 그것은 불행한 일이니까.

연지는 혼절해 있는 묘강족 소녀를 돌봐줘야겠다고 생각하고 그곳으로 걸어갔다.

그러다가 바닥에 구겨져 있는 한 장의 종이를 발견하고 걸음을 멈춘 채 잠시 바라보았다.

그것은 혁련무성이 읽고서 구겨 버린 것 같았는데, 아무것도 아닐 수도 있었다.

하지만 연지는 왠지 읽고 싶다는 강한 충동을 떨치지 못하고 종이를 집어 들었다.

그리고 그녀는 거기에서 눈에 익은 한 사람의 글씨체를 발견하고는 눈을 커다랗게 떴다.

혁련무성. 나는 네 누이동생 혁련상예를 데리고 있다. 그녀와 사매 연지를 맞교환하도록 하자. 만약 지난번처럼 또다시 날 죽이라고 살수 조직에 청부하는 따위의 서툰 짓을 한다면, 누이동생은 영원히 못 보게 될 것이다. 교환할 장소는 추후 다시 통지하겠다.

고영.

서찰을 읽는 동안 연지의 두 눈에 눈물이 가득 차오르더니 다 읽고 나서 주르르 뺨을 타고 흘러내렸다.

그리고는 뒤늦게 그녀의 몸이 부르르 세차게 떨렸다.

새벽녘, 동이 트기 직전의 호수에 뽀얀 물안개가 피어오르듯 사형 고영에 대한 모든 것이 그녀의 온몸과 모공 하나하나에서 자욱하게 피어올랐다.

"사형……."

마침내 그토록 그리워하던 사형이 왔다. 그리고 자신을 구하기 위해서 혁련무성의 여동생을 납치했다.

예전에도 연지의 전부였던 사형이다. 여북했으면 마을 사람들에게 연지는 아버지보다 사형을 더 좋아하고 따른다는 소리를 들을 정도였다.

연지는 갑자기 온몸에 힘이 넘치는 것을 느꼈다.

이 방을 들어오기 전까지 그토록 절망적이었던 심정은 씻은 듯이 사라져 버렸다.

드디어 사형이 왔다.

그리고 연지에게는 새로운 날이 밝았다.

*　　　*　　　*

밤.

호리궁 후갑판 난간에 서 있는 호리는 낙수의 상류 쪽을 묵묵히 응시하고 있었다.

그는 아직도 여전히 호선이 돌아오기만을 애타게 기다리고 있는 중이다.

그녀가 반드시 돌아올 것이라고 믿기 때문이다. 그런 믿음이 어디에서 기인하는 것인지는 알지 못했다.

납치한 혁련상예를 호리궁에 태운 채 위험스럽게도 낙양 포구가 저 멀리 바라보이는 이곳 강상을 떠나지 못하는 이유는, 호선이 낙양에 왔을 때 호리궁을 찾기 위해서 당연히 낙양 포구로 올 것이기 때문이다.

그녀가 만약 낙양 포구에 왔다가 호리궁을 발견하지 못한다면, 그녀는 천하 어디에도 갈 곳이 없다. 그녀의 안식처는 호리궁뿐이므로.

호선이 호리궁을 떠난 지 이틀이 지났다. 겨우 이틀이지만, 호리에겐 이 년처럼 긴 시간이었다.

호선과 함께 있을 때에는 조금도 느끼지 못했었는데, 그녀가 없는 지난 이틀 동안에 호리는 생전 처음 지독한 허전함을 맛보아야만 했다.

사람이 들어온 자리는 표가 나지 않아도 나간 빈자리는 표가 난다는 옛말이 있다.

그렇지만 이것은 그 정도가 아니었다. 호리는 아예 자신의 몸속 오장육부 중에 몇 개와 갈비뼈 몇 개를 잃어버린 것 같은 느낌이었다.

'호선아, 어디에 있든 부디 무사해라.'

그는 어둠에 물든 낙수 상류 쪽을 보면서 내심 기원했다.

끼익! 끼익!

그때 포구 쪽에서 노 젓는 소리가 들려왔다.

호리가 고개를 돌리니 작은 거룻배 한 척이 포구를 떠나 이쪽으로 다가오고 있는 것이 보였다.

거룻배에는 구사문주 왕사와 이두령 흑사, 삼두령 예사가 앉아 있었고, 수하 한 명이 노를 저었다.

하오문도들은 어둠 때문에 거룻배가 호리궁에 삼 장쯤 가까이 다가왔을 때에야 갑판에 서 있는 호리를 발견하고 일제히 일어나 깊숙이 허리를 굽혔다.

"대협!"

호리는 그저 고개를 가볍게 끄덕이고는 선실을 통해서 중간층으로 내려갔다.

거룻배가 호리궁에 닿자 왕사와 흑사, 예사는 여러 개의 궤짝들을 메거나 들고는 호리궁으로 올라왔다.

이들은 잠시 와달라는 호리의 부름을 받은 즉시 이곳으로 달려온 것이다.

낙양 포구에는 호리의 말을 구사문에 전하기 위해서 구사문 수하 한 명이 상주하고 있다.

그는 일전에 청월루에서 포구까지 호리와 혁련상예를 태운 마차를 몰았던 수하다.

왕사들은 호리 일행이 배에서 생활한다는 보고를 수하에게 받은 적이 있었다.

그렇지만 실제로 그 배에 오르는 것은 이번이 처음이라서 가슴이 설레었다.

수하가 거룻배를 밧줄로 호리궁에 연결하고 있는 동안, 세 사람은 선실 안을 기웃거리다가 중간층으로 통하는 입구를 발견하고는 궤짝을 멘 채 조심스럽게 내려갔다.

왕사와 흑사는 주방의 탁자 앞에 호리가 앉아 있는 것을 발견하고는 곧장 걸어왔고, 예사는 이리저리 조심스럽게 기웃거리면서 눈치를 살피며 뒤따랐다.

쿵!

"헤헤! 대협과 친구 분께서 드실 것들을 좀 가져왔습니다."

주방 바닥에 궤짝을 내려놓고 나서 왕사가 계면쩍은 웃음을 흘리면서 설명했다.

큰 덩치와 범강장달이처럼 생긴 외모가 그런 행동을 하자 약간 귀엽게까지 여겨졌다.

왕사와 흑사, 예사는 나란히 서 있고, 호리는 그들의 존재를 모르는 듯 안주도 없이 황주를 마시고 있었다.

휘익! 쇄액! 곽곽곽곽! 타타탁!

그리고 어디에선가 허공을 가르는 날카로운 파공성과 둔탁한 것들끼리 부딪치는 음향이 왕사 등이 이곳에 내려올 때부터 계속 들려오고 있었다.

세 사람은 그것이 고수들이 무공을 연마할 때 나는 음향이라는 것을 깨닫고 바짝 긴장했다.

사실 그것은 수련실에서 은초와 철웅이 실전을 방불케 하는 무공 연마를 하는 소리였다.

예사가 왕사에게 눈짓으로 뭔가 얘기하라는 시늉을 자꾸만 해 보이자 호리의 눈치를 보면서 머뭇거리던 왕사는 용기를 내어 드디어 입을 열었다.

"에…… 그러니까 대협께 드릴 말씀이……."
"부탁할 것이 있다."
호리가 술을 따르면서 왕사의 말을 끊었다.
"부탁이라시면……."
깜짝 놀란 왕사가 천장을 올려다보며 중얼거렸다.
그러더니 느닷없이 세 명이 일제히 호리를 향해 무릎을 꿇고 엎드리며 머리를 조아리고 나서 왕사가 우렁우렁한 목소리로 외쳤다.
"대협! 부디 소인들을 거두어주십시오!"
호리는 약간 어리둥절한 표정을 지었다.
왕사가 호리를 우러러보면서 얼굴 가득 진정 어린 표정을 지으며 간곡하게 말했다.
"애원합니다! 소인들을 수하로 거두어주십시오!"
그의 외침 때문에 은초와 철웅이 수련실에서 나와 어슬렁거리면서 이쪽으로 걸어왔다.
두 사람은 물에서 금방 나온 사람처럼 입고 있는 옷이 땀으로 흠뻑 젖어 있었다.
호리는 약간 어이없다는 표정을 지었다.
"내가 왜 그래야 하느냐?"
"소인들은……. 그러니까 그게……."
원래 말주변이 없는 왕사는 말문이 막혀서 진땀을 흘리며 더듬거렸다.

"그만 됐다. 부탁은 없었던 것으로 하자. 돌아가거라."

호리는 귀찮다는 듯 손을 저었다.

왕사, 흑사, 예사의 얼굴에 짙은 낭패감이 떠올랐다.

호리가 물러가라고 했지만 세 사람은 어물거리면서 즉시 일어나지 않았다.

예사는 초조한지 혀로 몇 번이나 입술을 핥은 후에 조심스럽게 말문을 열었다.

원래 왕사와 흑사는 무식하고 말주변이 없어서 말로써 문제를 해결하는 일은 언제나 예사의 몫이었다.

"대협, 소인들은 그동안 구사문을 이끌어오면서 꽤 많은 재물을 모았습니다. 그리고 비록 하오문이지만 구사문은 여러 방면으로 꽤 쓸모가 많을 것입니다."

호리는 관심없다는 듯 술만 들이켰다.

예사는 초조한 표정으로 조심스럽게 호리의 눈치를 힐끗 살피고 나서 말을 이었다.

"그러니까 소인들이 갖고 있는 모든 것을 대협께 바치겠다는 것입니다. 대협께서는 그저 소인들을 수하로 거두어주시기만 하면 됩니다······."

"그만!"

그런데 뜻밖에도 버럭 호통을 치면서 예사의 말을 자른 사람은 왕사였다.

그는 무릎을 꿇은 채 허리를 꼿꼿하게 펴고 똑바로 호리를 주시했는데 그 표정이 자못 엄숙하기까지 했다.
"솔직하게 말하겠습니다!"
쪼르르…….
왕사는 호리의 술 따르는 소리를 뒷말을 이으라는 것으로 알아들었다.
"소인들은 밑바닥 생활을 하면서 온갖 짓들을 다 해봤습니다! 해보지 못한 게 있다면 딱 한 가지! 무림인 짓거리를 못해 봤습니다!"
말주변 없고 무식하지만, 진심은 통한다고 굳게 믿고 있는 왕사였다.
'무림인 짓거리?'
왕사 뒤에 서 있던 은초는 피식 실소를 흘렸다. 무식하기 짝이 없는 말투지만 솔직함이 뚝뚝 전해졌다.
"소인들은 죽기 전에 꼭 한 번, 무림인이 돼보고 싶습니다! 단지 그것뿐입니다!"
척!
험상궂기 짝이 없는 왕사가 우직하리만치 진정 어린 표정을 지으며 두 손으로 바닥을 짚었다.
"무림방파 하나를 만들고 싶은데 대협께서 거기에 우두머리가 되어주십시오!"
쿵!
상체를 굽혀 이마로 바닥을 세게 찧는 왕사.

"진짜 무림인이 돼서 한번 여봐라는 듯이 무림을 활보하면서 살고 싶습니다!"

쿵! 쿵!

"거두어주십시오!"

흑사와 예사도 이마로 바닥을 짓찧었다.

"하하하! 이놈, 이거 배짱 하나 두둑하군! 감히 우리 앞에서 돼먹지 않은 소리나 지껄이고!"

갑자기 은초가 명랑한 웃음을 터뜨리자 예사는 깜짝 놀라 상체를 일으키며 뒤돌아보는데, 왕사와 흑사는 요지부동 꼼짝도 하지 않았다.

은초는 히죽거리며 호리를 쳐다보았다.

"호리, 네 생각은 어떠냐?"

"귀찮아."

무림인이 되는 것은 하오문도들의 평생 숙원이다. 하오문도가 되지 않고 그저 평범한 삶을 살았다면 무림인 같은 것은 언감생심 꿈도 꾸지 않았을 것이다.

그러나 평범한 사람들의 세계와 무림계 사이의 연결고리 같은 역할을 하는 하오문도 생활을 오래 하다 보니까, 평범한 사람으로 돌아가는 것은 죽기보다 싫고, 그렇다고 하오문도로 계속 남아 있자니 무림계에 대해서 본 것과 아는 것이 너무 많아서 무림인이 되고 싶다는 열망과 미련을 쉽사리 떨쳐 버리지 못하는 것이다.

그렇지만 하오문도가 무림인이 되는 일은 지렁이가 용이 되는 것만큼이나 어려운 일이었다.

그래도 천하의 모든 하오문도들은 언젠가는 반드시 무림인이 되고 말겠다는 꿈을 버리지 못한다. 그것은 모든 지렁이들의 꿈이었다.

지금 왕사와 흑사, 예사가 그런 경우다.

문득 호리는 은초를 쳐다보았다.

은초는 손가락으로 천장을 가리켰다. 위로 올라가서 얘기 좀 하자는 뜻이었다.

밤하늘에는 손톱만 한 새하얀 현월(弦月) 하나가 떠 있는 칠흑처럼 캄캄한 밤.

호리궁 후갑판에 호리와 은초, 철웅 세 사람이 모여서 대화를 나누고 있었다.

"사부님께서 돌아가셨는데도 호리 넌 여전히 무도관을 세운다는 계획을 갖고 있는 것이냐?"

은초의 물음에 호리는 대답하지 않았다. 거기까지는 생각한 적이 없기 때문이다.

그의 머릿속에는 연지를 구하는 것과 호선이 돌아오고 있지 않은 일로 가득했다.

그러나 그것은 은초의 말이 맞았다. 무도관을 세우는 것은 사부, 아니, 아버지의 오랜 꿈이었다.

"호리 너, 지금도 무도관 세우는 것이 꿈이냐?"

은초가 고삐를 늦추지 않고 재차 물었다.

그렇지만 이번에도 호리는 대답하지 않았다. 아버지와 연지를 만나 무도관을 세우겠다는 계획 외에 다른 것은 생각해 본 적이 없는 그였다.

그런데 아버지가 돌아가셨다. 그렇다면 그 계획도 수정되어야 마땅한 것이 아니겠는가.

"우리 방파를 세우자. 무도관이나 방파나 다를 게 뭐가 있겠냐? 방파를 세워서 우리도 무림의 한구석을 차지해 보자는 것이다. 내 말은!"

호리가 처음으로 조용히 입을 열었다.

"연지를 구해내는 것이 먼저다."

은초는 고개를 끄덕였다.

"물론이다. 그렇지만 연지를 구하는 것은 오른손이 할 일이다. 오른손이 일을 하는 동안 왼손은 아무것도 하지 않아. 그러니까 왼손으로 방파를 세우자는 것이다. 연지를 구하면 언제라도 떠날 수 있도록."

"너……."

호리는 적잖이 놀라는 얼굴로 은초를 쳐다보았다.

"네 생각이 그렇게 깊은 줄 몰랐다."

은초는 짐짓 인상을 썼다.

"이 자식! 여태껏 날 무엇으로 안 거야? 내가 바보 등신인 줄 알았냐?"

"미안하다."

호리가 가볍게 고개를 숙이며 정중하게 사과하자 오히려 은초가 화들짝 놀라 손을 내저었다.

"어… 어……. 너 무슨 사과까지 하고 그러냐?"

은초는 땀을 닦으며 어색하게 웃었다.

"하하하! 당구삼년폐풍월(堂狗三年吠風月)이라고 하지 않더냐? 너 따라다닌 지 삼 년인데 이 정도는 읊어야 호리의 수제자라고 할 수 있지 않겠어?"

당구삼년폐풍월. 즉, 서당 개 노릇 삼 년이면 풍월을 읊는다. 라는 것은 은초가 알고 있는 몇 되지 않는 그럴싸한 말 중에 하나였다.

"당구삼년……. 그게 뭐냐?"

철웅이 눈을 데룩거리면서 은초에게 물었다.

"있어. 그런 게."

은초는 갑자기 진지한 표정을 지으면서 호리에게 말했다.

"호리, 넌 머리를 써서 명령만 내려줘. 나머지는 우리가 알아서 할 테니까."

호리는 고개를 끄덕였다.

"알았다. 부탁한다."

세 사람은 잠시 더 대화를 나누고 나서 왕사 등이 기다리고 있는 중간층으로 내려갔다.

주방의 탁자 앞 의자에 호리가 앉고 그 좌우에 은초와 철웅이 호위하듯이 섰고, 왕사 등은 그 앞쪽에 여전히 무릎을 꿇은 채 앉아 있었다.

호리는 왕사 등을 보며 가볍게 고개를 끄덕였다.

"너희를 거두겠다."

왕사 등 세 사람은 입이 함지박처럼 벌어지더니 아까보다 더욱 거세게 이마로 바닥을 짓찧었다.

쿵! 쿵! 쿵!

"감사합니다! 대협!"

은초가 그들을 굽어보면서 조용히 입을 열었다.

"그 대신 너희는 두 가지 약속을 해줘야겠다."

"뭐든 말씀만 하십시오!"

은초는 손가락을 하나씩 세웠다.

"첫째. 이 시간부터 너희들의 목숨을 내게 맡긴다. 둘째. 무조건 절대복종한다."

세 사람은 마지막으로 가장 강하게 이마를 바닥에 부딪치며 이구동성 부르짖었다.

쾅! 쾅! 쾅!

"맹세하겠습니다!"

"에엣? 무황성을 감시하라고요?"

예사가 놀라서 은초를 쳐다보았다. 예사뿐 아니라 왕사와 흑사도 적이 놀란 얼굴이었다.

"그렇다. 특히 혁련무성의 일거수일투족을 철저히 감시하라."

"혁련무성이면……. 무황성 이소성주 말씀입니까?"

"그렇다."

은초가 딱 부러지듯이 대답했다.

"왜… 무황성과 이소성주를 감시해야 합니까?"

예사가 쭈뼛거리면서 조심스럽게 물었다. 도저히 묻지 않을 수가 없었다.

감시할 대상이 일개 방, 문파가 아니라 무림오황의 하나인 무황성이 아닌가.

탕!

"이놈! 우리 말에 절대복종하겠다던 조금 전의 약속을 벌써 잊었느냐?"

은초가 주먹으로 탁자를 거세게 내려치며 호통을 터뜨렸다.

예사는 얼굴이 해쓱해져서 즉시 그 자리에 무릎을 꿇고 고개를 조아렸다.

"요, 용서하십시오. 워낙 큰일이라서……."

"은초."

그때 혼자 자작을 하고 있던 호리가 왕사 등을 쳐다보며 조용히 입을 열었다.

"저들은 우리의 동료다. 우리가 무엇을 하려는지 마땅히 저들도 알아야 하지 않겠나?"

"아! 그렇군! 또 한 수 배웠다! 하하하!"

은초는 손바닥으로 제 이마를 소리나게 치고는 고개를 젖히고 어색하게 웃었다.

"이리 와라! 너희들에게 왜 무황성을 감시해야 하는지 이유를 알려주겠다."

은초는 성큼성큼 걸어가서 호리의 방문을 열고 들어갔고, 왕사 등이 머뭇거리면서 뒤따라 들어갔다.

작은 방의 좁고 길쭉한 침상 위에는 최고급의 비단취의를 입은 한 소녀가 두 손을 포개어 가슴에 얹은 채 반듯한 자세로 잠을 자듯이 누워 있었다.

왕사 등은 취의소녀를 보는 순간 그녀의 청순하고도 고결한 아름다움에 크게 놀라 한동안 입을 열지 못했다.

놀라움의 시간이 끝나갈 무렵, 역시 영리하고 머리가 좋은 예사가 언젠가 취의소녀를 먼발치에서 두어 번 봤었던 것을 기억해 내고 소스라치게 놀랐다.

"아앗! 이 사람은?"

왕사와 흑사는 의아한 얼굴로 예사를 쳐다보았다.

예사는 취의소녀를 가리키면서 마치 귀신을 본 듯한 얼굴로 더듬거렸다.

"으으……. 혀, 형님들, 이 여자는 무… 황성 삼소성주인 강북선화 혁련상예입니다."

너무도 굉장한 말이라서 왕사와 흑사는 그 즉시 예사의 말을 제대로 알아듣지 못하고 멀뚱멀뚱 혁련상예를 쳐다보기만 할 뿐이었다.

"대, 대협! 삼소성주가 왜 여기에 있는 겁니까? 게다가 혼절한 것 같은데……."

예사는 정신을 차리지 못한 듯한 얼굴로 은초에게 물었다.

은초는 얼굴을 찌푸리며 대꾸했다.

"나는 대협이 아니다."

그런 말이 예사의 귀에 들어올 리 만무했다.

"맙소사……! 이… 여자가 무황성 삼소성주라고?"

한발 늦게 상황을 인지한 왕사가 혁련상예를 보면서 얼굴이 시꺼멓게 변했고, 흑사도 거의 같은 순간에 소스라치게 놀라며 입을 쩌억 벌렸다.

호리는 혁련상예를 자신의 방에 가두었다. 호선의 방이 비어 있지만, 낯선 여자를 그녀의 방에 들이는 것이 싫었다. 그 대신 자신이 호선의 방을 사용했다.

第五十九章
단봉군주(丹鳳軍主)

一擲賭乾坤

끼이— 끼이이—

 한 척의 거룻배가 호리궁을 떠나 빠른 속도로 포구를 향해 미끄러지듯 가고 있었다.
 거룻배 뒤에서 수하가 노를 젓고, 왕사와 흑사, 예사는 너무 큰 충격을 받아서 앉을 생각도 하지 못한 채 서서 침묵을 지키고 있다.
 세 사람의 얼굴은 돌덩이처럼 굳었는데 아직도 놀라움이 가시지 않은 표정이었다.
 그들은 조금 전에 무황성 삼소성주가 제압되어 호리궁 선실에 감금되어 있는 장면을 직접 목격했고, 은초에게 저간의 설명을 간략하게 들었다.

즉, 무황성 이소성주 혁련무성이 납치한 호리의 누이동생을 되찾기 위해서 삼소성주를 납치, 두 여자를 맞교환할 것이라는 요지의 설명이었다.

왕사 등이 아직도 정신을 못 차린 채 멍한 상태로 있는 것은 그들을 나무랄 일이 아니다.

사태가 너무 엄청나기 때문이다. 왕사 등이 호리의 일을 돕겠다고 나선다는 것은 무황성을 상대로 일을 벌여야 하는 것을 의미했다.

그것은 꿈조차 꿔본 적이 없는 상황이었다. 미천하기 짝이 없는 하오문과 무림오황의 하나인 무황성. 한낱 벌레와 대붕(大鵬)의 싸움인 것이다.

"이것은 말도 안 됩니다. 우린 절대 이 일에 휘말리지 말아야 합니다."

거룻배가 포구에 거의 도착할 때까지 아무도 입을 열지 않다가 제일 먼저 정신을 차린 예사가 머리와 손을 동시에 휘저으며 새된 목소리로 불가함을 강력하게 외쳤다. 그 외침은 차라리 절규처럼 들렸다.

왕사와 흑사는 여전히 돌덩이처럼 굳은 표정으로 호리궁을 쳐다보고 있었다.

그러나 예사는 호리궁을 가리키면서 아직도 놀라움이 가시지 않은 얼굴로 목청을 높였다.

"호리라는 인물이 혼자 몸으로 마풍사로군 수십 명을 죽여서 참마검객이라는 별호를 얻은 것은 실로 대단한 일이기는 하지만, 그렇다고 무황성을 상대할 정도는 아닙니다. 저들 달랑 세 명으로 대무황성을 상대하려들다니……. 미치지 않고서는 그럴 수가 없습니다."

그는 왕사와 흑사를 번갈아 쳐다보며 당부하듯 목소리에 힘을 주었다.

"두 분 형님, 이 일은 이쯤에서 덮고 물러납시다. 까딱 잘못하다가는 우리까지 덤터기를 씁니다. 알았죠? 저들의 힘을 빌려서 무림인이 되는 것이나 무림방파를 만드는 것은 이제 물 건너갔으니 다음 기회를 생각하기로 하고 지금은 깨끗하게 손 터는 겁니다."

예사는 뭔가 깊은 생각에 잠겨 있는 왕사를 재촉했다.

"왕사 형님, 소제의 말을 듣고 있는 겁니까? 저들과 어울리다가는 우리 모두 죽는다구요. 무림인이 되는 것도 좋지만 우선은 살고 봐야 할 것 아닙니까?"

거룻배가 포구에 닿았지만 왕사는 내리지 않았다. 그래서 모두 내리지 못한 채 왕사를 쳐다보고 있었다.

그때 예사가 좋은 생각이 났는지 환한 얼굴로 입을 열었다.

"문주 형님, 우리 이 사실을 무황성 이소성주에게 알리는 것이 어떻겠습니까?"

왕사와 흑사의 표정이 가볍게 변했다.

예사는 자신의 기발한 생각에 스스로 신이 나서 언거번거 떠드느라 입에서 침을 튀겼다.

"정말 좋은 생각 아닙니까? 이 기회에 우리 차라리 이소성주 쪽에 붙어버립시다! 근본도 없는 저런 자들보다는 무황성 이소성주가 훨씬 낫지요! 암!"

"예사야."

문득 왕사가 여전히 호리궁 쪽에서 시선을 거두지 않은 채 조용히 예사를 불렀다.

"네, 문주 형님."

"우리가 내로라는 방, 문파들. 그중에서도 명문대파라는 작자들에게 한두 번 당해봤느냐?"

예사는 어눌한 표정을 지었다.

"그… 건 그렇지요."

"이 사실을 무황성에 알린다고 해도 그들은 우리를 이용만 해먹고 버리거나 오히려 해코지를 하려 들 것이다."

이른바 토끼를 잡고나면 사냥개는 필요가 없으니 삶아서 먹는다는 토사구팽[兎死狗烹]이다.

"우리는 구사문을 이끌어오면서 한 가지 배운 것이 있다. 그것은 명문대파들이 똥 같다는 것이다. 가까이하면 냄새가 나고 건드리면 우리만 더러워진다는 것이지."

왕사는 호리궁이 떠 있을 것이라고 짐작되는 방향에 시선을 고정시킨 채 조용히 입을 열었다.

"저기에 무황성 삼소성주가 갇혀 있는 사실은 우리가 직접 알아낸 것이 아니다."

예사는 의아한 표정을 지었다.

"그게 무슨 뜻입니까?"

"그들이 우리에게 말을 해주었기 때문에 알게 된 것이다."

"그건 그렇지요."

"만약 그들이 말을 해주지 않았으면 우리는 아무것도 몰랐을 것이다."

"그것도 그렇지요."

"그들이 굳이 우리에게 알리지 않아도 될 사실을 어째서 일부러 말해주었겠느냐?"

"……."

그 대목에서 예사는 할 말을 잃고 말았다.

왕사의 표정이 근엄해졌다.

"우리를 동료라고 생각하고 믿기 때문이다."

흑사와 예사는 동시에 움찔 가볍게 몸을 떨었다.

왕사보다 더 험상궂게 생긴 시커먼 몰골의 흑사가 우렁우렁한 목소리로 처음 입을 열었다.

"형님! 그들이 우릴 이 일에 끌어들이려고 한 것이 아니라, 처음부터 우리 스스로 그들의 수하가 되겠다고 자청한 것이 아닙니까?"

"그랬지."

왕사는 고개를 끄덕였다.

"그래서 그들은 우리를 수하로 거두어주었고, 또 이런 엄청난 비밀까지 솔직하게 말해줬는데 오히려 배신한다는 것은 말도 안 됩니다!"

흑사는 주먹으로 제 가슴을 쿵쿵 쳤다.

"나는 무식해서 복잡한 것은 잘 모르지만 한 가지는 분명히 압니다. 우릴 믿는 사람들에겐 믿음으로 대해야 한다는 것입니다. 틀립니까?"

"흑사, 네 말이 옳다."

왕사는 고개를 끄덕인 후 예사를 쳐다보았다.

"예사야, 너는 혹시 지금도 이 사실을 무황성에 알려야 한다고 생각하느냐?"

예사는 계면쩍게 웃으며 머리를 긁적였다.

"아닙니다, 문주 형님. 소제의 생각이 짧았습니다."

왕사가 다시 호리궁이 있는 강의 어둠을 주시하며 조용히 중얼거렸다.

"나는 우리를 믿고 이런 사실을 서슴없이 말씀해 주신 대협을 실망시키고 싶지 않다."

방금 전까지 핏대를 올리던 것과는 달리 예사도 경건한 표정이 되어 왕사가 쳐다보는 곳을 쳐다보았다.

왕사의 나직하지만 웅혼한 목소리가 흑사와 예사의 심금을 울렸다.

"우리는 이날까지 수많은 사람을 속이면서 살아왔지만, 대협과 우리 자신까지 속일 수는 없다. 그분에게 거두어달라고 절을 올린 것은 우리의 진심이었다."

이어서 그는 아무것도 보이지 않는 캄캄한 강 쪽을 향해 무릎을 꿇고 묵묵히 큰절을 올렸다.

흑사와 예사도 그의 뒤에서 나란히 큰절을 올렸다.

세 사람의 마음속에서는 무언지 모를 따스한 물결이 잔잔하게 일렁였다.

거룻배 후미에 서 있던 수하는 왕사 등의 갑작스런 행동에 어쩔 줄을 모르고 당황하다가 '에라, 모르겠다' 자신도 캄캄한 강을 향해 큰절을 올렸다.

호리궁 포구 쪽 난간가에 호리와 은초, 철웅 세 사람이 나란히 서 있었다.

호리는 왕사 일행이 호리궁을 떠나자 이곳 난간으로 올라와 묵묵히 포구 쪽을 응시하기만 했었다.

은초와 철웅은 그가 왜 그러는지 모르지만 자신들도 호리 좌우에 서서 침묵을 지키고 있었다.

그때 문득 호리가 가볍게 고개를 끄덕이고는 몸을 돌려 선실로 향했다.

사실 그가 난간가에 서 있었던 이유는 왕사 일행의 대화를 엿듣기 위해서였다.

그리고 방금 끝난 그들의 대화를 하나도 놓치지 않고 속속들이 모두 들었다.

그 결과는 대만족이었다. 이제부터는 그들을 믿어도 좋을 것이라고 판단한 것이다. 호리는 중간층으로 내려가면서 속으로 중얼거렸다.

'어쩌면 정말 방파 하나를 세우게 될는지도 모르겠군.'

다음날, 동이 트자마자 구사문의 삼두령 예사가 부랴부랴 호리궁에 찾아왔다.

"현재 무황성 적룡위사들을 위시한 수백 명의 고수들이 삼소성주와 대협을 찾아내기 위해서 낙양성은 물론 인근을 샅샅이 뒤지고 있습니다."

지난번처럼 호리는 예사를 중간층 주방의 탁자 앞에 앉아서 맞이했고, 예사는 탁자 너머에 공손한 자세로 서서 보고를 하고 있었다.

만약 호리 일행과 혁련상예가 호리궁이 아닌 다른 곳에 머무르고 있었다면 십중팔구 발각됐을 것이다.

그런 점에서 호리궁은 최상의 은신처라고 할 수 있었다. 무황성은 설마 호리와 혁련상예 등이 강상에 떠 있을 줄은 미처 생각하지 못한 듯했다.

호리는 더 늦기 전에 오늘 중으로 혁련상예와 연지를 맞교환해야겠다고 생각했다.

길게 잡으면 잡을수록 곤란할 것이다. 이곳은 무황성 세력 한복판인 것이다.

언제라도 무황성이 강에 눈길을 돌리기만 하면 호리궁을 찾아내는 일은 손바닥을 뒤집는 것보다 쉬울 터이다.

만에 하나 일호(一毫)의 실수나 계획이 잘못되는 경우가 벌어지면 만사휴의(萬事休矣)가 돼버리고 만다.

그러므로 속전속결 치고 빠지는 방법으로 일을 처리해야만 하는 것이다.

'정오쯤이 좋겠군. 장소는 역시 무황성의 세력권 밖으로 해야 할 터이고.'

호리가 머릿속으로 연지와 혁련상예의 맞교환을 궁리하고 있을 때 예사가 공손히 다음 보고를 했다.

"대협, 낙양성을 중심으로 해서 동서남북 십여 리 이내에 정체불명의 수많은 괴인물들이 집결, 은둔하고 있는 것이 포착됐습니다."

"괴인물? 그들이 누구냐?"

호리 대신 옆에 서 있는 은초가 물었다.

"본 문이 수집한 정보에 의하면 아무래도 그들은 선황파를 급습, 괴멸시킨 마신전사인 것 같습니다."

"마신전사?!"

호리와 은초가 똑같이 놀라움의 탄성을 터뜨렸다.

마황부의 최정예고수인 마신전사라는 이름을 호리와 은초

가 모를 리 없다.

하지만 그런 것에는 관심이 없는 철웅은 모른다. 사실 그는 머리가 그다지 나쁘지는 않다.

그 증거로 자신이 좋아하는 요리를 만드는 방법이나 호선이 가르쳐 준 꽤나 복잡한 무공의 구결, 동작들은 수십 번 반복하여 읽는 동안 정확하게 외우고 있다.

호리는 사흘 전 아침에 우연히 혁련천풍 남매를 마황부 마풍사로군으로부터 구했을 때, 혁련천풍에게서 마신전사 천 명이 선황파를 전멸시켰다는 말을 들은 적이 있었다.

"그리고 선황파를 도우러 갔던 무황성주와 대공자, 무황오룡위 등이 고수들을 이끌고 무황성으로 돌아왔습니다."

"음!"

호리는 자신도 모르게 묵직한 신음을 흘렸다.

낙양성 일대에 짙은 전운(戰雲)이 감돌고 있다는 사실을 느낄 수 있었다. 무림의 일에는 무관심한 호리지만 그 정도는 감지할 수 있었다.

예사가 조심스럽게 마지막 보고를 올렸다.

"본 문 탐보당(探報堂)에서는 여러 정보와 자료를 근거로 면밀하게 분석한 결과 곧 마황부가 무황성을 공격할 것이라는 결론을 내렸습니다."

은초가 의아한 얼굴로 예사에게 물었다.

"탐보당이 무엇이냐?"

"본 문이 지닌 세 개의 당 중에 하나인데, 탐보당은 천하의 온갖 정보와 자료들을 수집, 분석하는 일을 하고 있습니다."

"그래?"

은초는 건성으로 고개를 끄덕이면서 속으로는 한낱 하오문의 일개 당 따위가 마황부가 무황성을 공격할 것인지 아닌지를 판단한다는 자체가 우습게 여겨졌다.

그렇지만 사실 탐보당은 구사문이 벌어들이는 수입의 절반 이상을 차지할 정도의 중요한 조직이다.

구사문은 항주성의 복사파 정도 규모의 지부를 천하 곳곳에 삼십여 군데나 지니고 있다.

그 지부들의 역할은 크게 두 가지인데, 하나는 그 지방의 건달패, 사기꾼, 구도(寇盜:도둑), 도아(掏兒:소매치기) 따위를 장악하여 그들이 벌어들인 돈의 대부분을 상납받아 낙양의 구사문 총단으로 보내는 것이다.

그리고 또 하나는 그 지방의 주루나 기루, 표국, 전장 따위에서 흘러나오는 수많은 정보들을 수집하여 그 역시 구사문 총단으로 보내는 것이다.

천하 삼십여 지부가 구사문 총단으로 보내는 정보의 양은 상상을 초월할 정도로 방대한 분량이다.

사람들은 '하오문 따위가 정보를 모아봤자지'라며 우습게 여기지만, 사실 구사문이 취급하는 정보의 양과 질은 개방을 능가하는 것이다.

구사문 총단 내의 탐보당은 천하에서 보내온 엄청난 양의 정보들을 정확하고도 세밀하게 분류하여 보관하고 있다가 그것을 필요로 하는 사람들에게 돈을 받고 파는 것을 주된 업무로 하고 있다.

그깟 정보가 무슨 돈이 될까 싶겠지만, 천만의 말씀이다.

제대로 된 정보 하나에 수많은 사람들의 목숨이나 생계, 거취가 결정이 된다.

또한 그런 정보를 먼저 손에 넣은 사람이 유리한 위치를 선점하는 예는 비일비재하다.

그러므로 정(政), 관(官), 상(商), 무림 등 각계각층의 수많은 사람들이 자신들이 필요한 정확한 정보를 얻으려고 비밀리에 구사문에 줄을 대고 있는 것이다.

호리는 충격을 받은 표정이었다. 마황부가 무황성을 공격하리라고는 예상하지 못했던 것이다.

그는 구사문 탐보당의 분석을 믿는 것이 아니라 정보를 수집하는 능력을 믿었다.

그리고 그가 생각하기에도 마황부가 무황성을 공격할 가능성이 매우 컸다.

그제야 그는 자신이 너무 안이했음을 깨달았다. 마황부가 선황파를 전멸시켰다면, 그다음 차례가 무황성일 것이라고 충분히 예상할 수 있었을 텐데도 자신은 무림하고는 전혀 상관이 없다고 높은 벽을 쌓아놓고 있었기 때문에 이런 실책을

범하게 된 것이다.

호리는 심각한 얼굴로 예사에게 물었다.

"마황부가 무황성을 공격하는 시기는 언제쯤이 될 것인지 알겠느냐?"

그 말에 은초가 씁쓸한 얼굴로 내뱉었다.

"구사문이 그런 걸 어떻게……."

"탐보당주는 마황부가 오늘 정오를 넘기지 않고 무황성을 공격할 것이라고 내다봤습니다."

예사가 은초의 말허리를 자르고 막힘없이 대답하자 은초는 눈을 커다랗게 뜨고 예사를 쳐다보았다.

"오늘 정오 이전이라고?"

"네."

은초는 예사가 자신만만하게 대답을 했고, 또 호리도 그것을 믿는 것 같은 반응을 보이자 구사문을 우습게 여기던 마음이 스르르 자취도 없이 사라졌다.

"호리, 삼소성주하고 연지를 맞교환하는 것은 물 건너간 것 같다. 이제 어떻게 하지?"

은초가 초조하게 말하는데에도 호리는 골똘하게 생각에 잠겨 있느라 듣지 못했다.

마황부가 무황성을 대거 공격하게 되면, 무황성은 물론 낙양성까지 아비규환의 사태가 벌어질 것이다.

마황부 고수들이 무황성에 있는 것이라면 개조차도 남김

없이 도륙할 것이라는 사실은 보지 않아도 뻔하다.

또한 무황성은, 아니, 이소성주는 그 와중에 연지를 구하려고 특단의 조치 같은 것은 취하려 들지 않을 것이다. 호리가 알고 있는 그는 그러고도 남을 위인이었다.

그때 호리를 주시하고 있는 은초와 철웅, 예사는 갑자기 그의 두 눈에서 은은하면서도 섬뜩한 안광이 뿜어지는 것을 발견하고 바짝 긴장했다.

그가 어떤 결정을 내렸다고 생각한 것이다.

'어쩔 수 없다! 직접 쳐들어가는 수밖에.'

결국 호리는 그런 결정을 내릴 수밖에 없었다.

슥—

호리가 몸을 일으키자 은초가 입 안이 바싹 말라 갈라진 목소리로 물었다.

"어쩌려고?"

"내가 무황성에 직접 잠입하겠다."

"그건 안 돼! 자살행위야!"

은초가 기겁을 하며 다급하게 외쳤다. 그렇지만 그는 호리가 일단 한 번 내린 결정을 번복하는 것을 여태껏 한 번도 본 적이 없다는 사실을 다음 순간에 기억해 냈다.

"역시 문주의 예상이 맞았군요."

예사가 적이 감탄하는 얼굴로 조용히 입을 열었다.

호리가 무슨 뜻이냐는 표정으로 쳐다보자 예사는 공손히

대답하면서 품속에서 무언가를 꺼냈다.

"문주의 말인즉, '네가 이런 보고를 드리고 나면 대협께서는 무황성으로 직접 누이동생 분을 찾으러 가실 것이다'라고 말했습니다."

우직하고 무식한 줄만 알았던 왕사가 호리의 행동을 정확하게 예측한 것이다.

왕사는 자신이 그런 상황에 처하면 어떻게 할 것인가를 생각해 보았고, 결국 그런 결론을 내렸다.

때로는 가장 단순한 것이 가장 정확한 방법이기도 한 법인데, 단순한 왕사가 그것을 예측한 것이다.

슥—

"대협, 이것을 보십시오."

예사가 품에서 꺼낸 것을 탁자에 펼쳤다.

"이것은 무황성 내부의 지도입니다. 봐두시면 도움이 되실 것이라고 문주가 말했습니다."

호리는 지도를 보기 전에 예사의 얼굴을 쳐다보았다. 구사문이, 아니, 왕사가 이렇게까지 용의주도할 줄은 예상하지 못했기에 적이 놀란 것이다.

예사는 계면쩍은 듯 웃으며 지도의 한곳을 가리키면서 설명을 이었다.

"여기가 이소성주의 거처인 낭원입니다. 성의 서쪽에 위치해 있으며 열두 채의 전각으로 이루어졌습니다."

그는 자신이 직접 들어가 보기라도 한 것처럼 자세하게 설명하기 시작했다.

물론 그는 무황성 성문 안쪽으로는 한 발자국도 들여놓은 적이 없었다.

"낭원 내에서 이소성주의 거처는 중앙에 있는 삼 층짜리 전각인 추혼각이고, 그가 천하 곳곳에서 데리고 온 여자들은 연못 둘레에 있는 네 개의 누각에 나누어서 거주시킵니다. 그리고 이것은 소문인데……."

그는 잠시 말을 멈추었다가 다시 이었다.

"이소성주가 최고로 마음에 드는 여자나 혼인하고 싶은 여자는 여기, 인공 호숫가의 오 층짜리 누각인 사일루에 둔다고 합니다."

호리는 예사의 설명을 듣는지 마는지 두 손으로 탁자를 짚은 채 지도를 뚫어지게 주시하고 있었다.

예사도 할 말을 마치고 입을 다물었으며, 은초와 철웅은 호리를 보면서 기다렸다.

잠시 후 호리가 허리를 펴고 계단으로 걸어갔다.

"다녀오겠다."

"뭐? 혼자 가겠다는 거야?"

"지도는 안 가져가십니까?"

은초와 예사가 놀라서 동시에 물었다.

"혼자 간다. 그리고 지도는 다 외웠다."

할 말을 잃은 은초와 예사는 계단을 올라가는 호리를 멍하니 쳐다보았다.

은초가 생각해 보니 호리가 무황성에 잠입하는 일에 자신이 따라가서 도움이 될 일은 하나도 없었다.

예사는 믿을 수 없다는 듯한 얼굴로 탁자에 펼쳐져 있는 지도를 쳐다보았다.

총 백십칠 채의 고루전각들과 여러 개의 연무장, 인공연못, 가산(假山). 그리고 길들이 미로처럼 얽혀 있는데, 그것을 잠시 들여다보더니 다 외웠다는 것이다. 그래서 예사는 호리의 말이 믿어지지 않았다.

척!

"……!"

빠른 동작으로 선실에서 갑판으로 막 나오던 호리는 뚝 걸음을 멈추는 것과 동시에 재빨리 공력을 끌어올려 주변의 기척을 감지해 보았다.

그러나 선실 밖에서는 아무것도 감지되는 것이 없었다.

'뭐였지?'

분명히 무슨 느낌이 있었다. 하지만 다시 생각해 보니까 호흡소리라든가, 옷자락 펄럭이는 소리, 눈을 깜빡이거나 침을 삼키거나 심장박동, 맥박 같은 사람이 내는 소리는 아니었던 것 같았다.

만약 사람에게서 나는 소리였다면 호리가 감지하지 못할

리가 없었다.

호리궁 갑판은 이물에서 고물까지의 길이가 고작 사 장 반, 폭이 일 장 반에 불과한데, 그 안에서 나는 소리를 이 갑자에 달하는 그의 공력으로 감지하지 못한다는 것은 어불성설 말이 되지 않았다.

또한 지금의 그는 자신의 무공에 대해서 강한 자부심을 갖고 있는 상태였다.

호리는 다시 움직여 빠르게 선실의 모퉁이를 돌아 난간가로 향했다.

강으로 신형을 날려 청점활비를 전개하여 포구로 날려갈 생각이었다.

"헛!"

그러나 다음 순간 그는 다급히 헛바람을 들이키며 그 자리에 급히 멈추어야만 했다.

모퉁이를 돌자마자 그곳에 한 사람이 우뚝 서 있는 것을 발견했던 것이다.

만약 호리가 몸을 멈추는 것이 촌각이라도 늦었더라면 그 사람과 정면으로 부딪쳤을 터이다.

두 사람의 몸은 서로 정면을 향한 채 겨우 반 자가량 떨어져 있을 뿐이었다.

그 사람, 즉 신비인은 호리보다 한 뼘 정도 작아서 그의 이마가 호리의 입에 닿을 듯 말 듯했다.

호리는 재빨리 눈동자를 아래로 하여 신비인을 굽어보았다.

제일 먼저 신비인이 머리에 쓰고 있는 붉은색의 홍옥으로 만들어진 정교한 모양의 단봉관이 눈에 띄었다.

그리고 그 아래, 하얗게 빛나는 이마와 그 아래 초승달처럼 휘어진 깨끗한 눈썹.

그리고 또 그 아래에는 시리도록 맑은 한 쌍의 눈이 자리를 잡고 있었다.

하지만 그 눈은 호리를 보고 있지 않았다. 정면. 호리의 목을 주시하고 있었다.

파앗!

어느새 뽑은 호리의 칠룡검이 신비인의 목을 베었다.

호리가 모퉁이를 돌다가 낯선 사람과 부딪칠 뻔하고, 뒤이어 공격을 펼치기까지는 단지 숨 반 모금 들이쉴 정도의 시간밖에 걸리지 않았다.

'사라졌다!'

호리는 칠룡검이 허공을 베었다는 사실을 깨닫는 것과 동시에 번쩍 신형을 날려 후갑판 쪽으로 쏘아가면서 재빨리 주위를 휘둘러보았다.

그러다가 다음 순간 그는 동작을 뚝 멈추며 가볍게 어이없는 표정을 지었다.

호리가 목을 베려고 했던 신비인은 놀랍게도 그냥 원래의 자리에 그대로 서 있었다.

다만 달라진 것이 있다면, 호리를 향해서 한쪽 무릎을 꿇고 고개를 숙이고 있다는 사실이었다.

그런 것을 호리는 그가 당연히 반격을 할 것이라 여겨 다급하게 몸을 날려 피하고, 또한 그를 찾느라 두리번거리는 우스꽝스러운 행동을 하고 말았다.

호리는 신비인이 처음부터 자신을 죽일 생각이 없었을 것이라고 생각했다.

만약 그에게 터럭만큼도 살심이 있었다면, 호리가 당했을지도 모르는 일이었다.

"무엇이오?"

호리는 물러나다가 멈춘 엉거주춤한 자세를 바로잡으면서 무뚝뚝한 어조로 물었다.

그러나 신비인은 그 자세에서 석상이 돼버린 듯 꼼짝도 하지 않았다.

호리가 보기에 신비인은 호리를 향해서 예를 갖추고 있는 것이 분명했다.

호리는 지금 눈앞에서 벌어지고 있는 이 상황이 도저히 이해가 되지 않았다.

생전 처음 보는 사람이, 더구나 호리 자신을 능가하는 듯한 대단한 무위를 지닌 사람이 홀연히 나타나서 한쪽 무릎을 꿇는 군신지례를 표하고 있으니 잠시 귀신에 홀린 듯한 기분마저 들었다.

"일어나시오. 나는 당신이 누군지도 모르거늘, 예를 받아야 할 이유가 없소."

호리는 그가 자신을 공격할 의사가 없다고 판단하여 칠룡검을 어깨에 꽂으면서 천천히 다가가 신비인의 세 걸음 앞에 멈추었다.

하지만 경계를 늦추지 않고 공력을 끌어올려 만약의 사태에 대비했다.

신비인이 천천히 일어섰다. 일어서도 그냥 일어선 것이 아니라 어깨를 활짝 펴고 턱을 치켜들었으며 허리를 꼿꼿하게 세운 자세였다.

그 모습을 보노라면 그가 방금 전에 군신지례를 취했던 사람인가 의심이 들 정도였다.

신비인은 매우 당당했다. 저런 사람은 수많은 수하를 거느리고, 또 거리낄 것이 없으며, 자신감이 충만하다는 사실을 호리는 경험으로 잘 알고 있다.

은초와 철웅, 예사는 호리를 뒤따라 올라왔다가 낯선 사람이 군신지례를 취하고 있는 것을 발견하고 적잖이 놀라 신비인의 뒤에 죽 늘어서 있었다.

호리는 잠시 여유를 갖고 신비인을 자세히 살펴보았다.

그는 머리에 주먹 하나 크기의 붉은 봉황 모양의 단봉관을 썼으며, 그 양쪽 비단 끈이 귀 옆을 스쳐 턱 아래에서 질끈 묶여 있었다.

그리고 높은 깃이 세워진 길고 붉은 견폐를 입었는데, 그 끝이 종아리까지 이르렀고, 견폐로 몸 전체를 감싸고 있어서 속에 무엇을 입었는지 전혀 보이지 않았다.

또한 견폐의 높은 깃이 입술과 턱, 귀의 절반까지 가리고 있는 모습이었다.

그 모습은 마치 붉은 봉황, 즉 단봉이 날개를 접어 몸을 감싸고 있는 듯했다.

호리의 시선이 신비인의 얼굴로 향했다. 조금 전에 빛나는 이마를 본 것처럼 그의 얼굴은 투명한 백옥처럼 희어서 은은하게 빛이 뿜어지는 것 같았다.

크고 맑으며 서늘한 한 쌍의 봉목은 깊은 심해처럼 깊숙이 가라앉아 있었다.

길고 섬세한 속눈썹이 그윽하게 뻗어 나왔고, 작고 오뚝한 콧날은 오만하게 위로 솟아 있었다. 그 모습은 영락없이 아름다운 여자였다.

'여자?'

호리는 신비인이 여자라고 단정했다.

"그대는 누구요?"

그러나 신비인은 대답하지 않았다.

사실 그녀는 봉황궁 서열 사위인 단봉천기군의 군주, 즉 단봉군주였다.

호리는 신비인, 즉 단봉군주를 똑바로 주시했다.

"내게 볼일이 있소?"

드디어 단봉군주가 최초로 입을 열었다.

"친구에게 상공을 호위해 달라는 부탁을 받았어요."

나직하고 조용하지만 듣는 이의 마음까지 상쾌하게 만드는 청아한 음색이었다.

호리는 단호한 표정으로 고개를 흔들었다.

"내게는 그럴 만한 친구가 없소. 그대는 사람을 잘못 본 것이 아니오?"

단봉군주는 호리와 은초, 철웅에게 일일이 시선을 던지며 심산유곡에서 흐르는 물소리처럼 옥음을 발했다.

"상공의 존성대명은 호리. 두 분 친구는 은초와 철웅."

호리는 가볍게 움찔했고, 은초와 철웅은 눈을 커다랗게 뜨며 해연히 놀랐다.

호리는 여태까지보다 조금 더 긴장했다. 원래 진짜 적은 적의 모습으로 접근하지 않는 법이다.

가면을 쓰고, 입으로는 꿀처럼 달콤한 말을 내뱉지만 뱃속에는 칼을 숨기고 있는[口蜜腹劍] 것이 진짜 무서운 적의 실체인 것이다.

지금은 호리가 혁련상예를 납치하여 무황성에 갇혀 있는 연지와 맞교환하려는 중요한 시기다.

그러므로 상대가 봉황궁의 인물이라고 해서 경계를 늦출

수는 없는 것이다.

 어떻게 해서 호리 자신과 은초, 철웅의 이름까지 자세히 알고 있는지는 모르겠지만, 지금으로서는 모든 자들을 의심하고 경계해야만 한다.

 "물러가시오. 만약 이 말에 따르지 않는다면 그대를 적으로 간주하겠소."

 호리는 나직하게 말했다. 마치 타이르듯 조용한 어조였으나, 그 말 속에 일촉즉발의 팽팽한 긴장이 담겨 있다는 것을 모두들 느낄 수 있었다.

 은초와 철웅, 예사는 천천히 걸음을 옮겨 선실 반대편으로 돌아갔다.

 일단 싸움이 벌어지면 그들 같은 하수들은 빗나가거나 흘러나온 여력에도 목숨을 잃는 경우가 왕왕 있기 때문에 피해 있으려는 것이었다.

 그러자 단봉군주의 까만 눈동자가 가벼이 흔들리며 아미가 살짝 찌푸려졌다. 그녀의 눈에 비친 호리의 모습은 더 이상 완고할 수가 없었다.

 타협을 모르는 거대한 바위, 아니, 산악 같았다. 무슨 뾰족한 방법이 없는 한 충돌을 피하기는 어려웠다.

 문득 호리에게서 시선을 떼지 않던 단봉군주가 약간 눈을 내리깔았다.

 상대에게서 시선을 떼다니, 호리에게 적의를 품고 왔다면 결코 취할 수 없는 행동이었다.

 눈을 내리깔자 단봉군주의 속눈썹이 아까보다 더 길고 섬세하게 보였다.

 속눈썹이 눈을 다 덮고 있는 것 같아서 깊은 우수에 서려 있는 듯한 모습이었다.

 이윽고 단봉군주는 뭔가 결심을 한 듯 고개를 들고 호리를 바라보며 말문을 열었다.

 "호선이 보냈어요."

 호리는 두 눈을 커다랗게 떴다.

 "호선이?"

 "뭐? 호선의 친구라고?"

 "저 사람이 호선의 친구였단 말이야?"

 은초와 철웅도 탄성처럼 나직이 외쳤다.

 순간 팽팽하던 긴장감은 순식간에 와르르 무너져 버렸다.

 호리는 물론 선실 모퉁이에 숨어 있던 은초, 철웅까지 우르르 단봉군주 가까이로 몰려들었다.

 호리는 환하게 웃으며 단봉군주의 어깨에 손을 얹었다.

 "하하하! 호선의 친구라고 진작 말하지 그랬소?"

 은초와 철웅도 단봉군주의 등을 가볍게 두드리고 어깨를 부딪치는 등 더없이 친근한 동작을 취했다.

 그러나 정작 놀란 사람은 단봉군주였다. 방금까지만 해도 당장이라도 공격을 할 것 같은 호리의 태도가 '호선의 친구'

라는 한마디에 확 돌변한 것이다.

원래 호선은 단봉군주에게 낙양으로 가서 호리를 찾아 그를 보호하라는 명령을 내렸었다.

호리의 성격을 누구보다 잘 알고 있는 호선은 만약 호리가 공격적으로 나올 경우를 대비해서 단봉군주에게 그녀가 호선의 친구라고 소개하라고 일러두었었다.

물론 호선은 단봉군주가 헷갈릴 수도 있어서 호선이 자신을 가리키는 것이며, 몇 가지 주의사항들을 귀띔해 주는 것을 잊지 않았다.

"호선은 어디에 있소? 왜 아직 돌아오지 않는 것이오?"

호리는 단봉군주의 어깨에서 손을 내리는 대신 더욱 가깝게 다가서면서 환한 미소를 지으며 물었다.

단봉군주는 복잡한 표정을 지었다. 평생 웃음이라고는 모를 것 같던, 산악처럼 거대하던 호리가 마치 가족처럼 허물없이 다정하게 미소를 지으면서 말을 걸자 잠시 동안 머릿속이 매우 복잡해진 것이다.

그러나 그녀는 곧 호선, 즉 궁주가 실종돼 있는 동안 이들하고 이처럼 허물없이 지냈을 것이라는 사실을 짐작하고는 놀라움을 금할 수가 없었다.

단봉군주는 빠르게 호리와 은초, 철웅을 살펴보았다. 남루하지는 않지만 평범하고 깨끗한 옷차림이었다.

그렇지만 그녀는 세 사람 모두에게서 범상치 않은 기개와

특출함을 감지했다.

그중에서도 특히 호리는 단연 발군이었다. 태양혈이 솟지 않았는데에도 심연처럼 가라앉은 깊은 눈빛 속에서 가끔씩 일렁이는 광채로 미루어 임독양맥이 소통된 초일류 급의 고수가 분명했다.

그뿐만 아니라, 비록 십팔구 세 정도의 어린 나이임에도 불구하고 함부로 대할 수 없는 강퍅함과 깐깐함, 그리고 경륜이 엿보였다.

단봉군주는 아주 잠깐 동안 자신의 눈을 의심해야만 했다. 강퍅함이나 경륜 같은 것은 세상 경험의 더께가 층층이 더해진 중년 이상 노인들에게서나 발견할 수 있는 것이기 때문에 그녀는 자신이 잘못 본 것이 아닌가 여겨 다시 봤는데, 결과는 마찬가지였다.

그녀가 호리에 대해서 내린 결론은, 결코 호락호락한 사람이 아니라는 것이었다.

하지만 그것보다도 단봉군주를 더욱 당혹스럽게 만드는 것이 있었다.

그것은 이들 세 사람이 호선, 즉 궁주를 너무나도 허물없이 대하고 있다는 사실이었다.

도대체 궁주는 이들과 어떤 관계이기에, 그리고 이들과 어떻게 만났고 또 어떻게 지냈기에 궁주를 마치 가족처럼 대하는 것인지 이해할 수가 없었다.

단봉군주는 호선이 항주성에서 암습을 당하면서 기억을 잃었다가 근래에 다시 기억을 되찾았다는 사실에 대해서 까맣게 모르고 있었다.

그래서 호선이 호리 등과 어떻게 지냈을 것이라고 조금도 짐작할 수 없는 것이다.

"그녀는……."

단봉군주는 호리의 물음에 어떻게 대답해야 할지 적당한 말을 찾으려 부심했다.

단봉군주는 원래 병적일 정도로 말을 하지 않는 사람으로 유명하다.

평소에도 그녀가 하는 말은 하루를 통틀어 서너 마디를 넘지 않았으며, 한마디도 하지 않을 때도 많았다. 그렇지만 이런 상황에서까지 입을 다물고 있을 수는 없었다.

"급한 볼일 때문에 먼 곳에 갔습니다."

그녀의 말투는 수하가 상전을 대하듯 했다. 그도 그럴 것이 호선이 명령하기를, 호리를 자신을 대하듯 모시라고 했기 때문이다.

"먼 곳이라니? 그럼 호선이 기억을 되찾은 것이오?"

호리가 기쁜 표정으로 재차 묻자 단봉군주의 눈동자가 눈에 띄게 흔들렸다.

"그녀가……."

호리는 단봉군주의 눈빛을 보고 그녀가 속으로 크게 놀라고 또 당황하고 있는 것을 간파했다.

그래서 그녀가 호선이 기억을 잃었었다는 사실을 모르고 있는 것이라고 판단했다.

"그러고 보니까 그대는 호선이 기억을 잃었었던 사실을 모르는 모양이로군."

"그녀가 기억을… 잃었었습니까?"

"그렇소. 호선은 몹시 심한 중상을 당한 상태에서 운하에 떠내려가다가 우리 배에 매달려 있었소. 그것을 내가 발견해서 치료를 했던 것이오."

"아……."

척!

호리가 더 가까이 다가들면서 두 손으로 단봉군주의 어깨를 잡고 얼굴을 가까이 들이대며 재차 물었다.

"말해보시오. 호선이 기억을 되찾았소?"

몹시 당황스러운 질문이지만 경험이 풍부한 단봉군주의 머리가 빠르게 회전했다.

"그렇습니다. 그녀는 기억을 되찾은 후 중요한 일 때문에 가문으로 돌아갔습니다."

단봉군주는 그렇게 대답을 하면서도 호리가 더 깊이 캐물으면 어떻게 대답을 해야 할 것인지 초조했다.

평소에도 말이란 거의 하지 않고 사는 그녀가 상대의 질문 여하에 따라서 그 즉시 그럴싸한 거짓말을 만들어내는 일은 결코 쉬운 일이 아닌 것이다.

그렇지만 다행히도 지금 그녀가 상대하고 있는 사람도 말하기를 그리 즐겨하는 성격이 아니었다.

"정말 다행이군! 잘됐어!"

"와핫핫! 호선 그 계집애가 기억을 되찾았다니, 정말 하늘이 도우셨군!"

"잘됐어. 정말 잘됐어. 기억을 되찾았으니 이제 된 거야."

세 사람은 마치 제 일처럼 환하게 웃으며 기뻐해 주었다. 더구나 철웅은 너무 기쁜 나머지 돌아서서 주먹으로 눈물을 훔치면서 훌쩍거리기까지 했다.

'계집애?'

은초가 호선을 계집애라고 하는 바람에 단봉군주의 온몸이 한순간 팽팽하게 긴장됐다.

아니, 지독한 살의를 느꼈다. 찰나지간에 눈에서 살기가 번뜩였으며 몸이 움찔했고, 오른손이 견폐 사이에서 슬쩍 빠져나와 은초를 향해 소리없이 뻗어지다가 다시 견폐 속으로 스며들어 갔다.

그러나 다행히 모두들 기쁨에 들떠 있느라 단봉군주의 그런 돌발적인 반응을 발견한 사람은 아무도 없었다.

호리는 비로소 크게 한시름 덜어냈다. 연지와 호선, 두 가지 큰일 중에서 하나가 해결됐으니 이 기쁘고 후련한 마음을 어디에 비할 데가 없었다.

호리는 더없이 환하게 미소를 지으면서 단봉군주의 어깨를 가볍게 토닥였다.

"나는 잠시 다녀올 곳이 있으니까 내 친구들과 이곳에서 기다리도록 하시오."

그는 단봉군주의 어깨에 손을 얹은 채 부드러운 미소를 지으며 바라보았다.

그러자 단봉군주의 온몸이, 아니, 정신까지도 극도로 바짝 경직됐다.

호리의 부드러운 미소는 그녀에게 익숙하지 않은 몹시 이질적인 것이었다.

그녀에게는 미소보다는 차라리 조금 전의 팽팽한 긴장감 쪽이 더 견디기 수월했다. 그쪽이 익숙하기 때문이었다.

평소 그녀의 생활에서는 느즈러짐이나 부드러움 같은 것은 존재하지 않았다.

더구나 그녀는 자신의 어깨에 닿아 있는 호리의 손길이 무엇보다도 싫었다.

사내라는 족속이 자신의 몸에 손을 댄 경우는 호리가 생전 처음이었다.

그렇지만 그녀는 호리가 자신의 어깨에 손을 대고 토닥일 때마다 무의식적으로 움찔움찔 몸을 떨지 않으려고 무진 애를 쓰고 있었다.

그때 호리의 손이 그녀의 어깨에서 벗어났다고 여기는 순간, 그는 어느새 호리궁에서 신형을 날려 수면 위로 비스듬히 쏘아가고 있었다.

'청점활비!'

다음 순간 단봉군주는 호리가 수면 위를 박차면서 포구 쪽으로 쏘아가는 광경을 보고 속으로 낮게 외쳤다.

봉황궁 내에서도 오직 몇몇 극소수의 고위 신분만이 익힐 수 있는 절세경공법이 호리에게서 펼쳐지고 있으니 어찌 놀라지 않겠는가.

"소인은 돌아가겠습니다."

모두들 순식간에 멀어지고 있는 호리를 바라보고 있을 때 예사가 서둘러 거룻배로 갈아탔다.

호리가 무황성으로 향하면 즉시 돌아오라는 왕사의 명령이 있었기 때문이다.

"그는 어디로 가는 것입니까?"

단봉군주가 수면 위로 멀어지는 호리에게서 시선을 떼지 않은 채 조용히 물었다.

"무황성이오. 호리 누이동생이 이소성주에게 납치돼서 무황성에 갇혀 있거든."

은초가 씁쓸하게 중얼거렸다.

"자, 우린 아래로 내려가서 얘기나……."

슈우웃!

은초가 선실 쪽으로 몸을 돌리려고 할 때 옆에 서 있던 단봉군주가 강을 향해 번쩍 신형을 날렸다.
 은초와 철웅이 눈을 휘둥그렇게 뜨고 쳐다보고 있을 때, 단봉군주는 호리와 똑같은 경공을 발휘하여 수면 위를 바람처럼 쏘아가고 있었다.

第六十章
양수집병(兩手執餠)

一擲賭乾坤

"**왜** 말을 못하는 것이냐?"

혁련천풍의 호통성이 대전을 쩌렁쩌렁 울렸다.

혁련무성은 형인 혁련천풍 앞에서 고개를 푹 숙인 채 쩔쩔매면서 아무 말도 하지 못했다.

답답함을 느낀 혁련천풍의 이마에 내천 자가 뚜렷하게 그려졌다.

"무성아! 상예가 어떻게 된 것인지 말하라니까 왜 대답을 하지 않는 것이냐? 답답하구나!"

무황성주와 혁련천풍, 그리고 무황오룡위까지 모두 성을 비우고 나가 있는 동안 무황성에 남아 있는 성주의 직계가족은 혁련무성과 혁련상예 둘뿐이었다.

그렇다면 그가 당연히 누이동생을 돌봐야 했는데, 누이동생이 사라졌는데도 입을 꾹 다물고 있는 그를 혁련천풍은 도저히 이해하지 못했다.

하지만 혁련천풍은 혁련무성이 필시 무엇인가를 알고 있다는 사실을 그의 당황하는 표정과 어색한 태도에서 분명히 느낄 수 있었다.

혁련무성은 어떻게 해야 할지 난감하기 짝이 없었다. 누이동생을 고영이라는 놈이 납치한 것이 분명한데, 그 사실을 말했다가는 마른하늘에서 날벼락이 떨어질 것이 너무도 당연하기 때문이었다.

"음! 안 되겠다. 너, 나와 함께 아버님께 가자."

마침내 혁련천풍이 의자에서 벌떡 일어서자 혁련무성의 몸이 눈에 띄게 움찔 크게 떨렸다.

"혀, 형님! 말씀드리겠습니다!"

그는 대전을 나가려는 혁련천풍의 옷자락을 울 것 같은 얼굴로 붙잡으며 애원조로 말했다.

혁련천풍은 걸음을 멈추고 돌아서서 굳은 얼굴로 아무 말도 하지 않았다. 말을 해보라는 무언의 요구였다.

혁련무성은 체념했다. 어쩔 수가 없었다. 형도 무섭지만, 부친은 더 무서운 존재였다.

만약 이 사실을 부친이 알게 되면 당장 혁련무성을 죽이려고 들 것이 분명했다.

더구나 부친은 두 형제를 합친 것보다 더 혁련상예를 끔찍하게 사랑하지 않는가.

혁련무성은 어차피 혁련천풍에게 이 사실을 말할 수밖에 없다는 사실을 절감했다.

자신의 능력으로는 도저히 해결할 수 없기 때문에 형의 도움을 받으려는 것이었다.

만약 이대로 덮어두어도 제 힘으로 해결할 수 있다면, 그는 무슨 일이 있어도 입을 열지 않으려고 할 것이다.

"사실은……."

이윽고 혁련무성은 어렵게 입을 열었다.

하지만 그는 자신이 산동성 봉래현이라는 촌에서 어린 소녀 하나를 무황성으로 데려온 사실과 그녀의 사형인 고영이 사매를 찾기 위해서 다짜고짜 혁련상예를 납치한 후에 인질을 맞교환하자는 서찰을 보내왔다는 식으로 자신에게 유리하게만 설명을 했다.

그렇지만 평소 혁련무성의 파락호적인 나쁜 행실에 대해서 훤히 알고 있는 혁련천풍은 그의 말을 곧이곧대로 해석하지 않았다.

이럴 때에는 당사자를 직접 만나보는 것이 정확하다는 것을 혁련천풍은 잘 알고 있었다.

"그녀를 데려오너라. 그리고 그자가 보냈다는 서찰이라는 것도 가져와라."

그는 냉랭하게 내뱉고는 자신의 방으로 들어가 버렸다.

낭원 사일루 오층에서 평소처럼 지내고 있던 조연지는 갑자기 들이닥친 혁련무성에 이끌려 혁련천풍의 거처인 이곳 청룡원(靑龍苑)에 도착했다.

낭원에서 이곳까지 오는 동안 혁련무성은 조연지에게 형을 만나면 이러저러하게 이야기를 하라고 신신당부하면서 앵무새처럼 한 말을 계속 반복했다.

그러나 다른 생각을 하고 있는 조연지는 그의 말을 듣는 둥 마는 둥 했다.

그녀로서는 무황성에 잡혀와 줄곧 감금되어 있다가 실로 백여 일 만에 처음 낭원 밖으로 나와보는 것이기 때문에 감회가 남달랐다.

또한 무황성의 대공자 혁련천풍이 무엇 때문에 자신을 보자고 한 것인지 궁금하기도 하고 두렵기도 했다.

그러나 그녀는 곧 용기를 냈다.

사형인 고영이 자신을 구하기 위해서 무황성주의 장중주인 혁련상예를 납치하는 생각하지도 못했던 일까지 저질렀으며, 인질을 맞바꾸자는 서찰을 보냈으니 조만간 이곳에서 풀려나 꿈에서조차 그리워하던 그를 만날 수 있을 것이라는 기대가 그녀에게 큰 힘을 주었다.

더구나 고영이 그녀와 멀지 않은 곳에 있다는 사실이, 그리고 그가 자신을 구하기 위해서 무황성의 삼소성주를 납치하는 극단의 행동까지 서슴지 않았다는 사실 때문에 그녀는 크게 고무되고 또 감동하고 있었다.

혁련무성이 앞서고 조연지가 그 뒤를 따르며 청룡원의 낭하를 걸어갔다.

불안함과 초조함이 극도에 달한 혁련무성과는 달리 조연지는 사뭇 여유가 있었다.

지난 백여 일 동안 낭원 사일루에만 갇혀 지내다시피 생활했던 그녀는 그 상황이 자신에게 일어날 수 있는 최악의 경우라고 여겼다.

그러므로 앞으로 그녀에게 어떤 변화가 일어나더라도 최소한 그 상황보다는 나을 것이라고 생각했다.

그래서 무황성 대공자가 부른다고 해도 그다지 크게 겁나지는 않았다.

말하자면 갈 데까지 가보자는 식이었다.

척!

혁련무성이 방문을 열고 안으로 들어서고 조연지는 망설임 없이, 그러나 조심스럽게 뒤를 따라 들어갔다.

창 쪽의 실내 의자에 앉아서 수하의 보고를 받고 있는 중이던 혁련천풍은 들어서는 두 사람에게 시선조차 주지 않은 채 자신의 할 일을 계속했다.

수하의 보고를 듣는 동안 내내 혁련천풍의 얼굴은 몹시 심각하고 침통했다.
　조연지는 조심스럽게 혁련천풍을 바라보았다. 그에게 어떤 관심이 있어서가 아니라 그저 자신을 보자고 한 사람이기 때문에 어떤 인물인지 궁금해서였다.
　그녀가 본 혁련천풍의 첫 인상은 매우 준수하고 단아하며 완고하다는 것이었다.
　그것은 첫눈에도 교활함과 음험함이 드러나 보이는 혁련무성하고는 전혀 다른 모습이었다.
　어찌 한 여인의 몸에서 태어난 형제가 이토록 다를 수 있는 것인지 신기하다는 생각마저 들었다.
　그녀와 혁련무성이 기다리고 있는 중에도 수하의 보고는 계속됐다.
　보고 내용에 관심이 있어서가 아니라 그냥 귀에 들리기 때문에 들은 내용은 대충 '마황부의 마신전사들이 낙양성 밖에 포진해 있으며, 낙양성 내에도 다수 잠입했고, 공격이 임박했다'라는 것과 '본 성의 고수들이 어떤 대응과 준비를 취하고 있다'라는 등이었다.
　그러나 조연지는 그런 것들에는 추호도 관심이 없었다. 그녀의 관심사는 오직 보고 싶은 사형 고영이 언제쯤 자신을 구해줄 것인가, 혹은 이들이 인질을 맞교환하는 과정에서 무슨 비열한 수작을 부려서 고영에게 해를 입히지는 않을까 하는 것들이었다.

수하가 보고하고 있는 내용에 관심이 없기는 혁련무성도 마찬가지였다.

얼핏 듣기로는 무황성이 꽤나 위험한 상황인 것 같은데도 그는 혁련천풍에게 들키지 않으려고 애쓰면서 조연지에게 손짓 발짓 눈짓을 해가며 형에게 잘 말하라고 협박 반 애원 반 의사를 전달하느라 바빴다.

어쩌면 형하고 저리도 다른지, 생판 남인 조연지가 보기에도 한심하기 짝이 없는 위인이었다.

이윽고 혁련천풍은 수하에게 진지한 얼굴로 몇 가지 지시를 내리고 자신도 곧 뒤따라 나가겠다고 말한 후, 수하가 나가자 비로소 의자에서 일어나 혁련무성과 조연지 쪽으로 천천히 다가왔다.

사람이 낯선 사람을 처음 보게 되면 먼저 그 사람을 자세히 살펴보는 것이 순서다.

하지만 혁련천풍은 조연지를 자세히 살피려고도 하지 않고 그녀 앞에 서자마자 깊숙이 허리를 굽혔다.

조연지는 그의 돌연한 행동에 깜짝 놀라 어쩔 줄 모르고 허둥거렸다.

"낭자, 불민한 아우의 행동을 형인 내가 대신 진심으로 사과드리겠소. 부디 노여움을 푸시오."

더구나 그가 진정 어린 어조로 사과를 하자 조연지는 어찌

된 영문인지 갈피를 잡지 못했다.

그녀가 힐끗 혁련무성을 쳐다보자 그는 떫은 감을 씹은 표정을 짓고 있을 뿐이어서 그에게서는 아무것도 알아낼 수가 없었다.

혁련천풍은 허리를 펴고 진심이 뚝뚝 묻어나는 표정과 목소리로 말을 이었다.

"낭자가 산동성 봉래현에서 아우에게 납치당하여 이곳까지 끌려오게 되었다는 사실을 알고 있소."

"형님, 납치라니요? 이 아이가 제 발로 소제를 따라왔었다고 말씀드리지……."

"닥쳐라! 제정신이 박힌 여자라면 너 같은 놈의 어디를 보고 제 발로 따라오겠느냐?"

"형님……."

혁련천풍은 혁련무성의 되지도 않는 변명은 더 들을 것도 없다는 듯 그를 윽박지르고 나서 시선을 조연지에게 주고 정중하게 입을 열었다.

"낭자가 원하는 것이 무엇이오? 말씀만 하시면 다 들어드리겠소. 물론 그것으로 낭자가 입은 피해에 대한 보상은 만분의 일도 안 되겠지만 말이오."

조연지는 별다른 생각 없이 혁련무성을 따라왔다가 청천벽력 같은 말을 듣게 되자 크게 당황하여 이것이 정녕 꿈인가 싶은 생각만 들었다.

그녀가 백여 일 동안 당했던 고초에 비해 그것에서 벗어나는 과정은 허무할 정도로 간단했다.

그래서 그녀는 잠시 자신의 운명이 야속하다는 생각마저 들었다.

혁련천풍은 조연지의 반응을 기다리다가 그녀가 매우 당황하고 놀라는 것을 보고 자신의 실수를 깨달았다.

거의 감금되다시피 지냈을 그녀에게 자신의 말이 충격적이었을 것이라는 사실을 깨달은 것이다.

그는 우선 조연지를 안내하여 자리에 앉게 한 후, 하녀를 시켜 차와 다과를 내오도록 했다.

조연지는 정신이 황망한 중에도 한 가지 사실만은 분명히 알 수 있었다.

혁련천풍이 혁련무성하고는 비교조차 할 수 없을 만큼 정의로운 사람이라는 사실이었다.

더구나 그는 조금 전에 수하와 대화를 나눌 때 보니까 몹시 심각한 상황이 벌어져서 바쁜 것 같던데, 지금 조연지를 대할 때에는 진심이 뚝뚝 묻어날지언정 조금도 바쁘거나 서두는 기색이 없었다.

그런 것을 볼 때 그가 이 일을 그만큼 비중있게 다루고 있다는 사실을 알 수 있었다.

"내게 하고 싶은 말이 있소?"

하녀가 조연지 앞에 놓인 찻잔에 향기로운 차를 조심스럽게 다 따르도록 인내심있게 기다리고 나서 혁련천풍이 그녀에게 정중히 물었다.

조연지는 자신의 뒤에 서 있는 혁련무성을 꺼리는 듯한 표정으로 돌아보고 나서 잠시 입술을 깨물다가 용기를 내어 입을 열었다.

"소녀가 무엇이든 말해도 다 들어주실 수 있나요?"

혁련천풍은 고개를 끄덕였다.

"물론이오. 말씀만 하시오."

조연지는 이것이 형제가 벌이는 한 판의 사기극이라고는 생각하지 않았다.

그러기에는 혁련천풍의 행동이나 표정이 너무도 진실해서 그를 믿어보기로 했다.

원래 그녀는 누가 무슨 거짓말을 해도 다 믿는 순수한 성품이었다.

그렇지만 이곳에 갇혀 있는 백여 일 동안 아무도 믿지 않는 성격으로 변해 버렸다.

조연지는 쭈뼛거리면서 혁련무성을 가리키며 말했다.

"우선… 이 사람을 이곳에서 나가게 해주세요."

순간 혁련무성의 얼굴이 구겨진 종이처럼 일그러졌다.

"듣지 못했느냐? 어서 나가라."

혁련천풍이 은은히 호통을 치자 혁련무성은 조연지를 무섭게 쏘아보고는 마지못해서 방을 나갔다.

그는 지금껏 조연지를 건드리지 않고 놔둔 것을 뼈저리게 후회하고 있었다.

그녀만큼은 소중히 다루었고 그래서 끝내는 진심으로 사랑하게 되었는데, 그녀에게 헌신짝처럼 버림을 당했으니 배신감에 속이 뒤집힐 지경이었다.

"자, 이제 안심하고 말을 해보시오."

조연지는 혁련무성이 나간 방문 쪽을 두려운 얼굴로 살피고 나서야 조심스럽게 입을 열기 시작했다.

그녀가 이야기를 하는 동안 혁련천풍은 한마디도 하지 않고 진중하게 듣기만 했다.

조연지는 자신이 알고 있는 모든 것들을 빼놓지 않고 차근차근 설명해 주었다.

자신은 고향 마을에서 아버지 생신날 혁련무성에게 강제로 납치됐다는 것.

낭원 사일루에서 고향과 가족을 그리워하면서 눈물로 지냈던 지난날들.

친오빠 같은 사형인 고영의 얘기를 빼놓을 수는 없었다. 그리고 혁련무성이 살수에게 청부를 하여 고영을 죽이려고 했다는 사실도 말했다.

그리고 마지막으로 아버지가 분명히 자신을 찾아왔을 텐데, 아직 그의 소식에 대해서는 아무것도 몰라서 너무 걱정이 된다는 사실도 이야기했다.

이야기를 마쳤을 때 조연지의 얼굴은 온통 눈물범벅이었고, 흐느끼느라 마지막에 가서는 무슨 말인지 제대로 알아들을 수 없을 정도였다.

그리고는 끝내 탁자에 엎드려 어깨를 들썩이며 울음을 터뜨리고 말았다.

혁련천풍은 연민의 표정으로 그녀를 바라보았지만 어떻게 위로를 해야 할지 몰라 그냥 그녀가 제 풀에 그만 울 때까지 기다리고 있었다.

"미안해요. 저도 모르게 그만……."

슥—

이윽고 울기를 마친 조연지는 품속에서 고이 접어두었던 서찰 하나를 혁련천풍에게 내밀었다. 고영이 혁련무성에게 보낸 서찰이었다.

잠시 서찰을 읽고 난 혁련천풍은 미간을 좁히면서 지그시 이를 악물었다.

"음! 나쁜 놈. 무성 이 녀석이 생각했던 것보다 더 비열한 짓을 저질렀군."

조연지는 혁련천풍이 서찰을 잘 접어서 치워두려고 하자 조심스럽게 손을 내밀었다.

"그것을 소녀가 갖고 있도록 해주시겠어요?"

혁련천풍은 의아한 얼굴로 그녀를 쳐다보았다.

"그래야 할 이유라도 있소?"

"그 서찰은 소녀의 사형이 직접 썼어요. 그래서인지 서찰에서 사형의 손길이 느껴지는 것 같아요."

조연지의 수줍어하는 듯 솔직한 말에 혁련천풍은 그녀가 사형을 좋아하고 있다는 사실을 깨달았다.

"저……. 아버지를 꼭 찾아주세요."

조연지가 조심스럽게 부탁하자 혁련천풍은 크게 고개를 끄덕이며 그녀를 안심시켰다.

"그러겠소. 최선을 다해서 춘부장을 꼭 찾아드리겠소."

이후 혁련천풍은 하녀를 불러 조연지가 이곳에서 쉴 수 있도록 조치를 취해주었다.

이어서 조연지에게 정중하게 양해를 구했다.

"낭자를 지금 당장 보내 드리고 싶지만, 낭자의 사형이 내 누이동생을 데리고 있기 때문에 어쩔 수 없이 모시고 있어야 하는 점을 이해해 주시오. 하지만 낭자의 사형이 다시 연락을 해오면 무조건 인질을 맞교환할 것이고, 사형에게도 용서를 빌 생각이오."

"고마워요."

조연지는 진심으로 감사를 표하면서 다소곳이 고개를 숙여 보였다.

사실 지금 그녀를 놓아준다고 해도 마땅히 갈 곳도 없는 형편이었다.

고영이 어디에 있는지 안다면 그곳으로 찾아가겠지만 그

릴 수도 없는 상황인 것이다.

 그럴 바에는 차라리 이곳에 있다가 고영이 다시 연락을 해 오면 그때 그와 만나 아버지를 찾아서 고향으로 돌아가는 편이 나을 듯했다.

 자신의 운명이 한순간 완전히 뒤바뀌다니! 조연지는 현실이 믿어지지 않아서 가슴이 조마조마했고, 이것이 꿈이 아닐까 불안한 마음을 감추기 어려웠다.

 "대공자!"

 그때 청룡위사의 우두머리인 청룡위장이 급히 달려 들어오며 혈련천풍을 불렀다.

 "마황부의 공격이 시작됐습니다!"

 "뭐야?"

 청룡위장의 다급한 보고에 혈련천풍은 크게 놀랐다. 마황부가 공격을 할 것이라고는 예상했지만 정오도 되기 전에 공격해 올 줄은 몰랐던 것이다.

 그러나 그는 결코 허둥대지 않고 침착하게 청룡위장에게 지시했다.

 "청룡위사들을 집결시켜라. 아버님에게 가야겠다."

 "명을 받듭니다."

 문득 혈련천풍은 불안한 표정으로 일어서 있는 조연지를 보고는 청룡위장에게 재차 명령했다.

 "청룡위사 두 명을 이 낭자의 호위로 붙여라. 위급한 상황에 처하게 되면 낭자를 안전한 곳으로 모신 후 사형을 찾아드리도록 해라."

혁련천풍은 끝까지 정인군자다운 풍모를 잃지 않았다. 이런 급박한 상황에서는 조연지의 일 따위는 귀찮게 여길 만도 한데 그는 결코 그러지 않았다.

또한 그는 조연지에게 마지막으로 포권을 하며 예를 취하는 것도 잊지 않았다.

"낭자, 그만 나가봐야겠소. 청룡위사들이 잘 보호할 테니 염려하지 말고 기다리시오."

그 말을 끝으로 조연지가 뭐라고 하기도 전에 혁련천풍은 부리나케 방을 나가 버렸다.

*   *   *

낙양성 남쪽 외곽의 야산.

하나의 커다란 바위 위에 호선, 아니, 봉황옥선후 사도빙이 오연한 모습으로 우뚝 서서 아래를 굽어보고 있었다.

그리고 바위 아래에는 사도빙의 최측근인 추홍쌍신 두 명이, 그 앞쪽 너른 초지에는 봉황삼절군 천여 명 전원이 질서 있게 도열해 있었다.

사도빙은 비록 여자지만 지금 그녀의 모습은 천신을 능가하는 것이었다.

기억을 잃었던 시절의 그녀는 차분하고 다소곳한 모습이었으나, 기억과 함께 과거의 당당한 기도까지 되찾은 지금은 만승지존(萬乘之尊)의 모습이었다.

그리고 그녀는 호리가 사주었던 옷을 벗고 예전의 우아하고 화려한 봉황의(鳳凰衣)를 입고 있는 모습이어서 아름다움이 더욱 뛰어나 보였다.

이윽고 사도빙은 봉황삼절군을 쓸어보며 조용하지만 위엄 있는 어조로 입을 열었다.

"응서황기군은 지금 즉시 성 내로 진입하여 마황부를 도와 무황성을 공격하라."

응서황기군 전면에 우뚝 서 있던 황기군주가 무릎을 꿇고 공손히 복명했다.

"존명!"

황기군주는 즉시 응서황기군 삼백 명을 일사불란하게 이끌고 그곳을 떠났다.

그들은 비록 삼백 명이지만, 구파일방의 다섯 개 문파를 합친 것 정도의 위력을 지니고 있다.

사도빙은 이번에는 삼군인 주작조양군을 굽어보며 명령을 내렸다.

"주작조양군은 낙양성 외곽을 차단하여 무황성을 도우러 오는 세력들을 토벌하라."

조양군주는 즉시 복명하고 주작조양군 육백 명을 이끌고

순식간에 그곳을 떠났다.

사도빙이 응서황기군과 주작조양군을 무황성 공격에 투입하는 이유는, 천하제패의 공을 마황부에게만 돌리지 않으려는 뜻이었다.

처음부터 그녀와 마랑군이 결의하여 천하를 제패하기로 했으므로 늦은 감이 있지만 지금이라도 마황부와 뜻을 같이 하려는 것이었다.

사실 그녀는 천하를 마황부와 양분(兩分)할 생각은 손톱만큼도 없었다.

일단 지금은 마황부와 손을 잡고 선황파와 무황성, 검황루를 차례차례 멸문시킨 다음에 충분히 시간을 두고 천천히 마황부를 요리할 계획이다.

그것에 대한 복안은 이미 오래전부터 세워두었기 때문에 별다른 문제는 없었다.

다만 마랑군에게 자신을 미끼로 마음에도 없는 미인계를 써야 한다는 사실이 탐탁지 않을 뿐이었다.

예전에 그녀는 천하를 제패할 수만 있다면 마랑군과 동침도 할 수 있고, 더 나아가서는 그와 혼인도 불사할 수 있다고 생각했었다.

그러나 지금은 아니다. 지금 그녀의 마음은 송두리째 호리에게 집중되어 있다.

인간 사도빙은 천하제패를 꿈꾸는 절대자지만, 여자 호선은 그저 호리를 위해서 요리도 만들고 바느질을 하는 요조숙녀일 뿐이었다.

두 차례 일사불란하게 명령을 내린 사도빙은 잠시 갈등했다. 이제는 자신이 직접 추홍쌍신과 단봉천기군을 이끌고 무황성으로 진격하여 무황성주 일가(一家)를 처단함으로써 무황성 함락의 유리한 위치에 서야만 하는 상황이었다.

그러나 그녀를 주춤거리게 만드는 것이 있었다. 낙양성에는 호리가 있을 것이라는 사실 때문이었다.

이상한 일이고, 또 이해할 수 없는 일이지만, 그녀는 자신의 신분을 호리에게 밝히고 싶지 않았다.

어쩌면 지극히 서민적인 호리가 사도빙의 어마어마한 신분을 알고 나서 마음의 변화를 일으킬까 봐 우려하는 것인지도 모르는 일이었다.

그러나 그것보다는 자신의 천하제패 야욕을 호리에게 들키고 싶지 않다는 것이 더 큰 이유였다.

사도빙이 한동안 침묵을 지키고 있자 추홍쌍신은 조심스럽게 그녀를 돌아보았다.

두 사람은 사도빙의 얼굴에 떠올라 있는 복잡한 갈등의 표정을 발견했다.

그것은 예전의 그녀에게서는 찾아볼 수 없었던 것이다. 예전의 그녀는 무조건 속전속결로 일을 처리했으며, 방금 떠올린 결정도 마치 오래전부터 심사숙고해 왔던 것처럼 결단성이 있었다.

추홍쌍신은 그녀가 무엇을 고심하고 있는지 짐작할 수 있을 것 같았다.

두 사람은 천하제일의 여걸인 봉황옥선후를 저토록 변화시킨 호리라는 사내가 과연 어떤 사람인지 궁금해서 미칠 지경이었다.

꾸악!

그때 허공에서 날카로운 울음소리가 들리더니 한 마리 금혈비웅이 쏜살같이 아래로 하강하여 홍엽의 팔뚝 위에 날개를 퍼덕이며 앉았다.

홍엽은 익숙한 솜씨로 금혈비웅의 발목에 묶인 대통에서 돌돌 말린 서찰을 꺼내 읽더니 돌아서서 사도빙에게 공손히 보고했다.

"궁주, 마황부주가 마신전사들을 직접 이끌고 무황성으로 진입했다는 보고입니다."

그 말을 듣는 순간 사도빙의 오랜 갈등은 끝났다.

호선에게는 호리가 전부였지만, 사도빙에게는 천하와 호리 둘 다 중요했다.

그것은 이른바 양수집병(兩手執餠), 양손에 떡을 쥐고 있는 상황이었다.

지금 그녀에게 필요한 것은 지금의 봉황옥선후를 있게 만든 냉철한 결단성이었다.

"가자."

순간 사도빙은 짧게 말하고 바위 위에서 훌쩍 날아올라 쏜살같이 허공을 쏘아갔다.

그녀가 가고 있는 방향은 북쪽.

십여 리 거리에는 낙양성이 있었다.

一擲賭者
乾坤

예상했던 것과는 달리 낙양성은 쥐 죽은 듯이 조용했다. 아니, 수면 아래에서만 아우성을 치고 있었다.

마황부 마신전사들은 이미 무황성으로 진입을 했고, 뒤따르는 마풍사로군과 마황부의 마병과 정병들이 거리를 가득 메운 채 무황성을 향해서 일사불란하게 거대한 물결처럼 밀려가고 있었다.

일반 성민들은 행여 큰일이라도 날까 싶어서 집 안에서 숨을 죽인 채 일체 밖으로 나오지 않았다.

마황부의 공격을 미리 알았더라면 아마도 성민들은 모두 피난을 갔을 것이다.

하지만 무황성에 대한 마황부의 공격은 너무도 갑작스럽게 벌어졌다.

무황성조차도 불과 몇 시진 전에야 그 사실을 알았을 정도이니 성민들은 오죽했겠는가.

그러나 우려와는 달리 마황부 고수들은 단 한 명의 성민도 건드리지 않았으며, 성민들의 건물이나 재산에 일체의 피해를 끼치지 않았다.

호리는 성 내의 어느 주루 안에 갇힌 채 옴짝달싹 못하는 신세가 되어 있었다.

주루 내에는 호리뿐만 아니라 십여 명의 손님들과 주루 주인, 점소이들이 잔뜩 겁에 질린 표정으로 양쪽 구석에 우르르 몰려 있었다.

손님들은 평소처럼 아무렇지도 않게 식사를 하러 주루에 들어왔다가 갑자기 성 내로 들이닥친 마황부 고수들 때문에 발이 묶여 버린 것이었다.

손님들과는 달리 호리는 창 옆에 바짝 몸을 붙인 채 바깥 동향을 살피느라 분주했다.

호리 옆에는 단봉군주가 우뚝 서서 그를 지켜보고 있을 뿐 아무 말도 하지 않았다.

원래 호리는 내심을 얼굴에 드러내지 않는 성격인데도, 지금은 얼굴에 가득 초조하기 짝이 없는 표정이 역력하게 떠올라 있었다.

머지않아서 마황부의 공격에 무황성이 쑥밭이 될 것이기 때문에 그전에 사매 조연지를 구해내야 하는데, 주루 밖으로 한 걸음도 나갈 수가 없으니 속이 새카맣게 타고 있는 것이 당연했다.

마황부 고수들이 수십, 아니, 수백 명쯤만 되어도 일단 밖으로 나가서 어떻게든 해봤을 것이다.

그러나 낙양성 전체를 수만 명의 마풍사로군과 마병(魔兵), 정병(精兵)들이 밀물처럼 뒤덮고 있는 판국이니 나갈 엄두를 내지 못하고 있는 것이다.

더구나 마황부는 참마검객을 혈안이 되어 찾고 있는 실정이라서 호리로서는 걸리기만 하면 끝장이었다.

창을 통해서 한동안 거리를 내다보던 호리는 창에서 눈을 떼고 한 걸음 물러나며 모든 사람들이 들을 정도로 길고 무거운 한숨을 토해냈다.

구석 쪽에 몰려 있는 손님들과 주방 쪽에 몰려 있는 주루 주인과 점소이들은 단봉군주를 주시하고 있었다.

그녀의 복장이 매우 특이한데다가 전신에서 뿜어내는 은은한 기도가 능히 좌중을 압도하고도 남음이 있었기 때문에 신기하고도 경이로운 표정으로 조심스럽게 살펴보고 있는 것이었다. 그들은 단봉군주가 필경 평범한 신분이 아닐 것이라고 생각했다.

가려(佳麗) 119

"빌어먹을!"

호리는 조금 더 서둘러서 나올 것을 잘못했다고 후회하며 씹어뱉듯 중얼거렸다.

그때 단봉군주가 나직하지만 공손히 입을 열었다.

"무황성에 가시려는 것입니까?"

"그래."

어떻게 하면 무황성으로 갈 수 있을 것인가를 골똘히 생각에 잠겨 있는 호리는 아무렇게나 대충 대답했다.

그런데 지금까지 그녀에게 '하오' 하는 식으로 정중한 말을 일관해 오던 그는 무의식중에 평소의 버릇대로 반말을 하고 말았다.

"그럼 나가도록 해요."

그러나 단봉군주는 개의치 않고 말과 함께 이미 주루 입구로 걸어가고 있는 중이었다.

호리가 적잖이 어이없는 얼굴로 쳐다보는 사이에 그녀는 주렴을 걷으면서 주루 문을 밀고 있었다.

"어쩌려는 거야?"

그는 급히 달려가 뒤에서 단봉군주의 어깨를 움켜잡으며 나직이 외쳤다.

그녀는 우뚝 멈추더니 자신의 어깨를 잡은 호리의 손을 날카롭게 휙 뒤돌아보았다.

단연코 이날까지 이런 식으로 그녀의 어깨를 잡은 사람은 아무도 없었다.

문득 호리는 그녀의 눈빛이 싸늘해진 것을 발견하고 어깨에서 손을 떼었다.

겁이 나서가 아니라 자신이 생각해도 너무 힘을 주어 그녀의 어깨를 잡은 것 같았기 때문이다.

그러나 단봉군주의 싸늘한 눈빛은 곧 사라졌다.

하지만 그녀의 평소 눈빛이라고 해도 부드럽거나 다정하지는 않다. 섬뜩할 정도의 싸늘함이 없다 뿐이지 차갑기는 매한가지였다.

"그냥 저를 따라오면 됩니다."

단봉군주는 조용히 말하고 호리의 반응을 기다렸다.

호리는 그녀가 애써 감정을 가라앉히려고 노력한다고는 생각하지 않았다.

그녀의 단단하고 경직된 어조는 꾸민 것이 아니라 오랜 세월 동안 습관처럼 몸에 밴 것이었다.

호리는 그런 종류의 사람을 잘 알고 있다. 많은 수하들을 말 한마디나 손가락 하나만으로 부릴 수 있는 지위에 있는 사람이 그렇다.

그러나 그녀의 정중한 예절 역시 몸에 배어 있는 오랜 습관인 듯했다.

그것은 그녀가 높은 지위기는 하지만 누군가의 수하라는 사실을 대변하는 것이었다.

호리는 잠시 단봉군주를 쳐다보았다. 그녀의 얼굴에서는 무모함 같은 것은 찾아볼 수가 없었다.

지금과 같은 상황에서 거리로 나가는 것은 자살행위나 다름이 없다.

그렇지만 호리가 볼 때 단봉군주는 미치거나 헛된 짓을 할 사람이 아니다. 아니, 오히려 백무일실 빈틈이 없는 사람 쪽에 가까웠다.

그런 그녀가 자신을 따라오라고 할 때에는 어떤 비책이 있다는 뜻이 아니겠는가.

호리로서는 지금 아무런 방법이 없다. 기적이 일어나지 않는 한 주루 안에 갇혀서 마황부와 무황성의 싸움이 끝나기를 기다려야만 하는 상황이다.

그러므로 이럴 때에는 단봉군주의 말에 따라보는 것도 나쁘지 않다는 생각이 들었다.

"갑시다."

호리가 고개를 끄덕이자 단봉군주는 그럴 줄 알았다는 듯 즉시 주루 문을 열고 밖으로 나갔다.

호리는 바짝 긴장하여 주위를 경계하면서 단봉군주 뒤를 따라 거리로 나섰다.

쏴아아—

폭 넓은 대로를 가득 메운 채 마황부 고수들 수백 명이 무황성이 있는 방향으로 빠르게 이동하고 있는 모습이 한눈에 들어왔다.

얼핏 그것은 사람들처럼 보이지가 않았다. 그저 거대한 검은 물결이 일렁거리면서 끊임없이 한쪽 방향으로 급류처럼 흘러가는 것 같았다.

일체의 말소리나 어떠한 잡음조차도 없이, 그저 그들이 달리면서 내는 쏴아아— 하는 소리만 허공을 가득 메우고 있을 뿐이었다.

호리 정도의 내로라는 강심장도 그 광경을 보는 순간 압도당하는 것을 느꼈다.

호리는 과연 이 상황에서 단봉군주가 어떻게 할 것인지 자못 궁금하면서도 긴장이 되어 뒷목이 뻐근했다.

"저를 바짝 따라오십시오."

그때 단봉군주가 말을 하는 것과 동시에 검은 물결이 흘러가는 거리로 훌쩍 뛰어들어 무황성이 있는 방향으로 무턱대고 달리기 시작했다.

호리는 움찔 놀랐다. 느닷없이 나타나서 호선의 친구라고 자신을 소개한 단봉군주는 여러 가지 방법으로 호리를 놀라게 하고 있었다.

호리는 생각할 겨를 없이 즉시 단봉군주를 뒤쫓았다. 지금과 같은 상황에서는 생각이라는 것이 불필요하다. 또한 생각할 것도 없었다.

어차피 무작정 단봉군주를 따르기로 작심했으니 그대로

행하면 그만이었다.

단봉군주의 경공은 호리가 생각하고 있는 것보다 훨씬 뛰어난 수준이었다.

그녀는 눈 한 번 깜빡할 사이에 이미 칠팔 장 전면을 쏘아가고 있었다.

호리는 그녀를 놓치면 안 된다는 생각뿐이었다. 이곳에서 줄 끊어진 연 신세가 된다면 어찌해 볼 도리 없이 마황부 고수들의 밥이 되고 말 터이다.

그렇지만 단봉군주는 속도를 줄여서 호리가 제대로 따라오게 하는 따위의 친절 같은 것을 베풀지는 않고 검은 물결보다 더 빨리 쏘아가고 있었다.

그녀는 호리가 따라오는지 마는지 관심도 없는 듯 줄곧 몹시 빠른 속도로 쏘아가기만 했다.

호리는 전신의 공력을 끌어올려 경공을 발휘했다. 그는 호선에게 따로 경공술을 배운 적이 없다.

다만 청점활비를 육상에서 펼치는 방법을 자신이 독자적으로 개발하여 실전에서 사용하고 있었다.

하지만 그것은 실로 놀라워서 그가 전력으로 청점활비를 펼치자 불과 세 호흡 만에 단봉군주 반 장 뒤에 바짝 따라붙을 수가 있었다.

두 사람은 주루를 나온 이후 아주 잠깐 사이에 수백 장을 질주하고 있었다.

호리는 주루를 나오자마자 단봉군주를 놓쳐서는 안 된다는 생각 때문에 거리를 가득 메운 마황부 고수들이 자신을 어떤 시선으로 보고 있는지에 대해서는 관심을 가질 시간적 여유가 없었다.

단봉군주와 반 장 거리를 두고 달리게 되자 비로소 최소한의 여유가 생겨서 그제야 호리는 슬쩍 마황부 고수들을 쳐다볼 수 있었다.

"……."

그 순간 그는 자신의 눈을 의심하고 말았다. 마황부 고수들은 호리나 단봉군주에게 일체 눈길조차 주지 않은 채 제 갈 길만 꾸준히 가고 있었던 것이다.

마치 그들의 눈에 호리와 단봉군주의 모습은 보이지 않는 듯한 광경이었다.

아니, 그런데 그게 아니었다. 호리는 무심코 단봉군주 앞쪽으로 시선을 던졌다가 해연히 놀라고 말았다.

그녀의 전면에서 달리고 있는 마황부 고수들이 마치 강물이 두 쪽으로 갈라지듯 양쪽으로 비켜나서 달리며 길을 터주고 있는 것이 아닌가.

'어떻게 이런 일이……'

호리는 아연실색하고 말았다.

마황부 고수들이 연출하고 있는 그런 광경은 호리로 하여금 흡사 단봉군주가 그들의 우두머리라도 되는 듯한 착각을 불러일으키게 만들었다.

그렇지만 단봉군주가 마황부 사람일 리가 없다. 그녀는 모든 면에서 마황부하고는 거리가 먼 여자였다. 만약 그렇다면 호선도 마황부 사람이라는 뜻이 아니겠는가.

호리는 절대 그럴 리가 없다고 단정했다. 또한 그래서도 안 된다.

호선과 마황부는 어떤 형태로든, 어떤 느낌으로든 연결이 되지 않았다.

그렇게 단봉군주와 호리는 거리 한복판을 유유히 달려서 오래지 않아 무황성에 도착했다.

"사람을 찾는다고 들었어요. 누구죠?"

무황성의 어느 높은 전각 위에 올라서 있는 단봉군주는 바람에 견폐 자락을 펄럭이면서 호리에게 물었다.

호리는 그녀 옆에 나란히 서서 무황성을 굽어보고 있으면서 일순 그녀의 말을 듣지 못했다.

무황성에서 벌어지고 있는 아비규환이라고밖에 설명할 수 없는 참상 때문이었다.

차차차창!

"크악!"

"흐아악!"

퍼퍼퍼펑!

"와아악!"

거대하기 짝이 없는 무황성 전역에서 끊임없이 병장기 부딪치는 소리와 장풍이 난무하는 음향, 그리고 처절한 비명 소리가 터져 나오고 있었다.

또한 무황성 백십칠 채 전각 거의 전부가 맹렬한 불길에 휩싸여 거세게 불타고 있었다.

그것은 마치 산봉우리에서 화산이 폭발하여 산 전체가 화염에 휩싸인 듯한 광경이었다.

전투에서나 싸움에서 성이나 건물을 공격할 때 가장 효과적인 방법이 불을 지르는 것이다.

그렇게 해야지만 건물 안에 숨어 있는 적들을 밖으로 끌어내어 넓은 곳에서 상대할 수 있기 때문이다.

호리가 잠시 동안 둘러보면서 계산을 해보니까 무황성에 진입하여 공격하고 있는 마황부 고수들의 수는 얼추 삼만 명 이상이 될 것 같았다. 그 이상이면 이상이지 결코 이하는 아니었다.

그리 보면 이것은 방파와 방파 간의 싸움이 아니라 아예 전쟁이라고 해야 옳았다.

얼마 전에 무황성은 마황부의 공격을 받고 있는 선황파를 돕느라 대거 출전을 하여 이미 전력의 삼분의 일 이상을 잃은 상태였다.

원래 사천여 명의 정예고수들을 보유하여 하남무림의 패

자로 군림하고 있던 막강 무황성은 삼만 명이라는 마황부 대군 앞에서 맥도 추지 못했다.

마황부와 무황성이 같은 수의 전력으로 싸운다고 해도 무황성이 열세일 텐데, 마황부는 아예 인해전술로 무황성을 짓밟고 있는 것이다.

반쯤 얼이 빠져 있는 호리의 귀에 재차 단봉군주의 목소리가 들려왔다.

"찾는 사람이 누구죠?"

그 바람에 호리는 퍼뜩 정신을 차렸다.

"사매요."

이어서 그는 조연지에 대해서 간략하게 설명해 주었다.

"그렇다면 낭원에 있겠군요."

단봉군주는 무황성이나 이소성주 혁련무성에 대해서 잘 아는지 대뜸 그렇게 말했다.

"그렇소."

구사문이 호리의 명령으로 알아본 바에 의하면, 조연지는 낭원에 감금되어 있을 것이라고 했었다. 단봉군주의 말은 틀리지 않았다.

그녀는 아래의 치열한 전투를 굽어보면서 호리에게 당부하는 것을 잊지 않았다.

"제게서 일 장 이상 떨어지지 않도록 주의하세요. 만약 거리가 벌어지면 마황부 고수들이 당신을 적으로 오인하여 공격하게 될 거예요."

"알겠소."

호리는 어째서 마황부 고수들이 단봉군주를 건드리지 않는 것인지, 아니, 오히려 두려운 존재라는 되는 듯 길을 터주는 것인지 궁금하기 짝이 없었으나 지금은 그런 것을 물을 때가 아니었다.

그러나 한 가지만은 반드시 알고 싶었다.

"가요."

"이름이 무엇이오?"

단봉군주가 짧게 말하는 것과 동시에 아래쪽으로 신형을 날리려고 할 때 호리가 불쑥 물었다.

단봉군주는 몸을 뚝 멈추고 가볍게 어이없는 표정을 지으며 호리를 돌아보았다.

그러더니 그녀의 미간이 미미하게 살짝 찌푸려졌다. 싫다는 뜻이었다.

그렇지만 호리는 물러서지 않았다.

"내가 낭자를 불러야 할 경우도 있을 텐데, 무작정 어이! 하고 부를 수는 없지 않겠소?"

다분히 억지가 섞인 말이었지만 달리 생각하면 일리가 있는 말이기도 했다.

단봉군주는 무언가 생각을 하는 듯 미간을 살짝 좁히면서 눈을 반개했다.

속눈썹이 긴 여자들보다 훨씬 더 긴 그녀의 까만 속눈썹이 눈을 거의 덮었다. 그녀처럼 속눈썹이 긴 여자는 그다지 흔치 않을 것 같았다.

문득 호리는 그녀가 무척 아름다운 여자라는 생각을 했다. 호선하고는 전혀 다른 분위기지만, 짝을 찾아보기 어려울 정도의 미모인 것만은 틀림이 없었다.

호리가 볼 때 단봉군주는 고심하는 표정이 분명했다. 그깟 이름 하나 가르쳐 주는데 저토록 갈등을 하다니, 여러 모로 알 수 없는 여자였다.

사실 단봉군주의 이름을 알고 있는 사람은 호선과 추홍쌍신 정도가 전부였다.

그들 세 사람만 그녀의 이름을 부를 수 있는 자격이 있기 때문이었다.

그렇다고 호리에게 자신이 단봉군주니 그렇게 부르라고 할 수는 없는 노릇이었다.

호선은 단봉군주에게 호리의 말에 무조건 절대복종하라고 명령했었다.

그렇다면 지금 그가 단봉군주의 이름을 묻는 것은 부탁이 아니라 명령이라고 할 수 있었다. 그것을 거역하는 것은 항명(抗命)인 것이다.

"가려(佳麗)예요."

"알았소."

호리는 고개를 끄덕이며 자신도 모르게 만족한 듯한 미소를 벙긋 지었다.

단봉군주는 바늘로 찔러도 피 한 방울 나오지 않을 정도로 무심한 성격이고 또 극강의 여고수인데 규중심처의 연약한 여자의 이름인 '가려' 따위라니, 전혀 어울리지 않았기 때문에 부지중 미소를 지은 것이었다.

일순 호리의 미소를 발견한 단봉군주의 이마에 발근 핏대가 곤두섰다.

'감히 웃어?'

그가 무엇 때문에 웃었는지 짐작하기에 더 발끈하는 단봉군주였다.

그러나 호리는 그녀가 핏대를 올리는 것을 분명히 봤을 텐데도 지붕 아래로 훌쩍 신형을 날렸다.

"갑시다."

단봉군주, 아니, 가려는 저 아래를 향해 두 팔을 활짝 벌린 채 멋진 자세로 날아내리고 있는 호리를 곱지 않은 시선으로 쏘아보았다.

그러나 호리를 놓쳐서는 안 되기 때문에 그녀는 즉시 신형을 날려 그를 뒤따랐다.

하지만 가슴속에는 꽁한 앙금이 자욱하게 깔려 있었다.

그녀는 자신의 이름을 몹시 싫어했다. 천하를 호령하는 여걸인 그녀에게 곱상하고 얌전한 '가려'라는 이름이 어울리기나 하냐는 말이다.

그래서 이날까지 살아오는 동안 누가 이름을 물으면 절대 알려주지 않았었다.

지상에 내려선 호리가 자신의 뒤에 바짝 붙어서 착지하고 있는 가려를 돌아보면서 빠른 어조로 물었다.

"가려, 어디로 가야 하오?"

'윽!'

순간 가려는 발을 헛디뎌서 하마터면 그 자리에 고꾸라질 뻔했다. 그녀는 속에서 활화산 같은 분노가 치미는 것을 억지로 참았다.

없는 용기를 겨우 짜내서 이름을 가르쳐 줬더니 금방 써먹고 있지 않은가. 더구나 천하에서 세 사람밖에 부르지 않는 이름인 것이다.

"가려, 낭원이 어디에 있는지 모르는 것이오?"

그것을 아는지 모르는지 호리는 자꾸만 '가려', '가려' 하면서 그녀의 속을 박박 긁어댔다.

"따라오세요."

가려는 일부러 쌀쌀맞게 내뱉고는 호리를 지나쳐 바람처럼 쏘아갔다.

쏘아가면서도 그녀는 속이 부글부글 끓었다. 그리고 이름을 괜히 가르쳐 주었다는 후회가 밀려들었다.

그러다가 그녀는 무언가를 깨닫고 움찔 가볍게 놀랐다.

'내가 지금 뭘 하는 거지?'

자신이 어린아이처럼 이름 따위를 가지고 호리와 아웅다웅하고 있다는 사실을 깨달은 것이었다.

봉황궁 서열 사위의 신분인 그녀다. 강호에서는 절대 다수의 무림인들이 그녀 앞에서 감히 고개조차 들지 못하고 전전긍긍한다.

그런 대단한 신분의 그녀가 유치하기 짝이 없게 이름 따위 때문에 속이 부글부글 끓다니, 어이가 없어도 이만저만한 것이 아니었다.

어찌 된 일인지 그녀는 호리의 술수에 말려든 것 같은 기분이 들었다.

호리를 만난 이후로는 그녀가 평소에 지니고 있던 위엄이나 무심함, 냉철한 사리분별 같은 것들이 조금도 위력을 발휘하지 못하고 있었다.

아니, 위력은커녕 아예 그런 것들이 언제 나한테 있었나 싶을 정도로 찾아보기도 어려웠다.

문득 그녀는 한 가지 사실을 더 깨달았다.

'혹시 궁주께서도······.'

호선이 비록 기억을 잃었었다고는 하지만, 태어나면서부터 몸에 배인 오랜 위엄과 차가움, 사람을 압도하는 권능적 신위 같은 것은 결코 사라지지 않을 터이다.

하지만 가려는 호선과 호리 두 사람을 모두 만나보고 말을 들어본 결과 두 사람이 결코 평범한 사이가 아니라는 것을 깨달을 수 있었다.

처음에 가려가 호리궁에 갔을 때에는 모두들 극도로 경계하더니, 호선이 보냈다고 하자 한순간에 마치 가족을 대하듯 태도가 급변했었다.

봉황옥선후 사도빙은 항주에서 실종된 후 백여 일 만에 다시 봉황궁으로 돌아왔다.

그녀는 그 백여 일 동안 호리네와 함께 생활하고 있었던 것이 분명했다.

호리 등 세 사람이 사도빙, 아니, 호선을 '계집애'라고까지 부르는 것으로 미루어 그 백여 일 동안 그들 네 사람이 어떻게 지냈는지는 어렵지 않게 짐작할 수 있었다.

아니, 도저히 짐작할 수가 없는 일이었다. 천하의 봉황옥선후가 별달리 대단하게 보이지도 않는 네 명의 사내들에게 '계집애'로 불릴 정도로 전락하다니, 어떻게 그것을 이해할 수 있다는 말인가.

그런 생각을 하다가 문득 가려는 머리가 지끈지끈 아파오는 것을 느꼈다.

그러나 한 가지만은 분명했다. 호리라는 자에게는 사람을 이상하게 변하게 만드는, 아니, 변질시키는 괴상한 재주가 있는 것이 틀림없었다.

가려는 자신만큼은 절대 호선처럼 되지 말자고 굳게 다짐

하면서 날카롭게 힐끗 호리를 돌아보았다.
"가려, 할 말이 있소?"
'으으윽!'
가려는 자신의 온몸에서 인내심의 질긴 줄이 마구 끊어지는 소리를 들었다.
방금 한 결심은 여지없이 물거품이 되고 말았다.

第六十二章
봉황(鳳凰) 효웅(梟雄)을 만나다

擲賭者
乾坤

"아……."

주위를 둘러보는 호리는 부지중 나직한 탄성을 토해냈다.

가려가 낭원이라고 그를 데려온 곳 전체가 잿더미로 화해 있는 광경을 목격했기 때문이었다.

어느 곳이 혁련무성의 거처인 추혼각이고, 어느 곳이 여자들의 거처인지 식별할 수조차 없을 정도였다.

호리는 눈앞이 캄캄해졌다. 위험했더라도 마황부가 공격하기 전에 무황성에 잠입했어야 하는 것을 잘못했다는 자책과 후회가 밀려들었다.

순간 그는 무작정 잿더미 속으로 뛰어들었다.

"무얼 하려는 건가요?"

옆에 서 있던 가려가 급히 물었다.

호리는 뒤도 돌아보지 않은 채 착잡한 표정으로 외치며 잿더미 속을 뒤지기 시작했다.

"그녀의 시신이나 흔적이라도 찾아봐야겠소."

"마황부는 적이 아닌 사람은 죽이지 않아요."

그녀의 말에 호리는 동작을 뚝 멈추고 재빨리 그녀에게 되돌아왔다.

"그게 정말이오?"

가려는 단정적인 표정으로 말했다.

"마도는 예전하고 많이 달라졌어요. 마랑군이 마황부주가 된 후부터는 평범한 사람들은 물론 무림고수라고 해도 적이 아닌 사람은 되도록 죽이지 않아요."

"아……."

호리는 크게 안도의 한숨을 토해냈다. 마랑군이라는 사람을 한 번도 본 적은 없지만, 멋진 마도인일 것이라는 생각이 잠깐 들었다.

그렇지만 그는 조연지가 살아 있을 것이라는 가능성만 알게 되었을 뿐, 이제부터 그녀를 어떻게 찾아야 하는지 방법을 모르는 것은 마찬가지라서 막막하기만 했다.

그때 가려의 표정이 가볍게 변했다. 그녀는 귀에 익은 파공음을 들었다.

그것은 그녀에게도 익숙한 무기들과 초식들이 허공을 가르는 파공음이었다.

휘익~!

갑자기 그녀는 입술을 오므려 날카로우면서도 영롱한 휘파람 소리를 불어냈다.

그러자 세 번 정도 호흡할 짧은 시간이 흐른 후, 그녀의 앞에 한 명의 삼십대 초반의 청년이 나타났다.

그는 가려와 복장이 비슷했는데, 다만 가려가 붉은색인데 비해서 그는 백색의 옷과 견폐를 하고 있었다.

그는 다름 아닌 응서황기군의 우두머리 황기군주였다. 가려의 신호를 듣고 즉시 달려온 것이었다.

황기군주는 가려에게 즉시 예를 취하려고 무릎을 굽히려다가 그녀가 가볍게 고개를 흔들면서 하지 말라는 시늉을 해 보이자 곧 허리를 펴고 하명을 기다렸다.

가려는 황기군주에게 조연지의 용모에 대해서 간략하게 설명한 후 짧게 명했다.

"그녀를 찾아내서 내게 데리고 와라. 죽었다면 시신이라도 찾아와라."

황기군주는 복명을 하는 대신 가볍게 고개를 숙여 최소한의 예를 표한 후 바람처럼 그 자리에서 사라졌다.

호리는 방금 나타났다가 사라진 사람이 누구이며, 어째서 가려가 그 사람에게 명령을 하는 것인지 궁금했지만 지금은 그런 것을 물을 때가 아니었다.

그저 자신들 두 사람 외에 조력자가 더 있다는 사실 덕분에 조금쯤 마음이 놓일 뿐이었다.

그렇다고 조연지를 찾는 일을 다른 사람에게 맡기고 자신은 손을 놓고 있을 수는 없는 일이었다.

그 누구보다도 호리 자신이야말로 가장 절박하게 그녀를 찾아야 할 사람이 아닌가.

그는 무슨 기척이라도 감지하려고 공력을 일으켜 청력을 돋우어봤지만 무기끼리 부딪치는 소리와 처절한 비명 소리만 귀가 따갑도록 들려올 뿐 원하는 조연지의 기척은 찾을 수가 없었다.

"가려, 어떻게 하면 좋겠소?"

남의 도움을 받는 것을 극도로 싫어하는 호리지만 이런 상황에서는 어쩔 도리가 없었다.

'가려' 라는 부름에 그녀는 또다시 본능적으로 발끈했지만 호리에게 노골적으로 드러낼 수는 없었다.

그녀는 자신을 다독이면서 화를 가라앉히고 나서 차분한 얼굴로 잠시 생각하다가 입을 열었다.

"우선 혁련무성을 찾아보는 것이 좋겠어요."

그 말을 듣자 호리는 머리가 확 트이는 느낌이었다. 낭원이 잿더미로 변한 것을 보고 눈앞이 캄캄해져서 그렇게 당연한 것마저도 생각하지 못했던 것이다.

"가려, 갑시다."

호리는 즉시 신형을 날렸다.

가려는 쏘아가는 호리의 뒷모습을 두 눈을 세모꼴로 만들어 노려보았다.

'저 인간이 끝까지!'

그러다가 그녀는 흠칫 놀랐다. 비록 속으로의 외침이라고는 하지만, 자신이 그런 말투를 썼다는 사실이 믿어지지가 않았다. 그녀는 착잡한 표정을 지었다.

'이런… 나도 변질되어 가는 것 같아.'

세 사람이 무황성의 동쪽 높은 담을 넘고 있었다.

원래 동쪽 담 안팎은 무성한 숲이라서 남의 눈에 잘 띄지 않는 곳이었다.

그들 중에서 두 사람은 남자였고 한 사람은 여자인데, 한 남자가 여자의 허리를 안은 채 담을 넘어 담 밖 숲 바닥에 내려섰다.

세 사람은 무황성 하인과 하녀의 복장을 하고 있었다.

그렇지만 그들은 사실 조연지와 그녀를 호위하라는 명령을 수행하고 있는 청룡위사들이었다.

조연지는 혁련천풍의 거처인 청룡원에 머물고 있다가 그곳으로 들이닥친 마황부 고수들을 피해 두 명의 청룡위사의 도움으로 탈출을 시도하고 있는 중이었다.

담을 넘은 두 명의 청룡위사는 잠시 어디로 갈 것인지 궁리하다가 곧 강 쪽으로 신형을 날렸다.

두 청룡위사 중 한 명의 집이 낙양성에 있는데 그곳으로 가려는 것이었다.

세 사람은 일각 이상 한참을 달리다가 갑자기 숲이 끝나고 관도가 나타나자 그곳에서부터는 평범한 사람들처럼 걷기 시작했다.

관도 곳곳에 마황부와 봉황궁 고수들이 눈을 번뜩이며 활보하고 있었다.

또한 포로가 된 무황성 고수들이 일렬로 줄줄이 어디론가 끌려가고 있었다. 그런 광경을 보면 이미 무황성은 멸망한 것이 분명했다.

관도에는 평범한 복장을 한 사람들이 꽤 많았으며, 그들은 낙양성 쪽을 향해 걸어가고 있었다.

그들은 무황성에서 잡일을 하는 일꾼들이거나 숙수들, 하인, 하녀들이었다.

말하자면 무황성 소속의 고수나 무사를 제외한 일반 사람들인 것이다.

두 명의 청룡위사는 조연지를 가운데 두어 양쪽에서 보호를 하면서 그들 무리 속으로 슬며시 끼어들었다.

무리의 사람들은 세 사람을 이상한 눈으로 보지 않고 자신들 속으로 받아들여 주었다.

마황부나 봉황궁 고수들은 평범한 백성들에게는 일체 해를 끼치지 않았다.

 대신 먼 곳에서 도주하고 있는 무황성 고수들을 발견하면 우르르 달려가서 가차없이 주살해 버렸다.

 두 명의 청룡위사는 혹시 포로로 잡혀 끌려가고 있는 무황성 고수들이 자신들을 알아볼까 봐 외면하려고 애쓰면서 느릿느릿 낙양성을 향해 걸어갔다.

 그러나 조연지는 끊임없이 두리번거렸다. 행여 무황성 고수들이나 백성들 틈에 그리운 고영의 모습이 있지나 않을까 하는 바람에서였다.

 "저 세 명을 잡아라!"

 그때 어디선가 우렁찬 호통 소리가 들려왔다.

 조연지는 그 호통성이 무엇인지 몰라 가만히 있었지만, 두 명의 청룡위사는 오랜 경험으로 그것이 위험을 예고하는 것이라는 사실을 즉각 알아차렸다.

 두 명이 힐끗 쳐다보자 수십 명의 마황부 고수들이 이쪽으로 나는 듯이 쏘아오고 있었다.

 두 명의 청룡위사는 그들이 자신들을 잡으러 오는 것이 분명하다고 생각했다.

 그들이 하인과 하녀 복장으로 변장해 있는 자신들을 어떻게 알아냈는지 귀신이 곡할 노릇이었다.

 그러나 그 의문은 곧 풀렸다. 쏘아오고 있는 마황부 고수들

뒤쪽에 길가의 야트막한 언덕 위에 중간 급 우두머리로 보이는 인물이 서 있었다.

그런데 그 옆에 한 명의 무황성 고수가 바짝 붙어 서 있는 것이 보였다.

그 무황성 고수가 두 명의 청룡위사를 지적했던 것이다. 말하자면 그는 자신의 한 목숨 살리려고 벌써 마황부 쪽에 붙은 박쥐 같은 놈이었다.

"죽일 놈!"

두 명의 청룡위사는 무황성 고수를 잡아먹을 듯이 쏘아보며 이를 갈았다.

차창!

두 사람은 조연지를 자신들 사이에 두고 서로 등진 채 쏘아 오고 있는 마황부 고수들을 맞이했다.

하지만 그들의 행동은 무모하기 짝이 없었다. 단둘이 어떻게 수많은 마황부 고수들을 상대할 수 있겠는가.

"낭자, 어서 사람들 속으로 피하시오."

둘 중 한 명이 조연지에게 급히 일러주었다. 그녀만이라도 살리겠다는 충심이었다.

조연지는 자신을 살리려고 애쓰던 두 사람을 놔두고 도망쳐야 한다는 사실 때문에 잠시 머뭇거렸다.

그렇지만 현실적으로 그들의 안위보다는 고영을 만나야 한다는 사실이 더 간절했으므로 곧 사람들 행렬을 향해 전력으로 달려갔다.

그녀는 오직 살아야겠다는, 아니, 살아서 고영을 만나야겠다는 일념뿐이었다.

"으악!"

"와!"

달리고 있는 그녀의 뒤에서 처절한 두 마디 비명 소리가 터졌지만 걸음을 멈추지 않았다.

그녀는 그것이 두 명의 청룡위사의 비명 소리라는 사실을 직감적으로 깨달았다.

방금 전까지만 해도 자신하고는 무관하게 저 멀리에서 어른거리고 있던 공포와 절박감이 지금은 그녀의 코앞까지 다가와 윽박지르고 있었다.

'살아야 해!'

그녀가 피가 나도록 입술을 깨물면서 속으로 처절하게 외치며 걸음을 더욱 빨리할 때, 갑자기 머리카락이 온통 뽑히는 듯한 극심한 통증이 엄습했다.

"이년!"

"아악!"

마황부 고수 한 명이 뒤에서 커다란 손으로 조연지의 머리카락을 움켜쥔 채 힘주어 뒤로 잡아채고 있었다.

마황부는 일반 백성이나 여자들을 일체 건드리지 않지만, 청룡위사들이 변장까지 시켜가면서 도주시키려고 하는 의문의 여자마저 놓아줄 만큼 자비롭지는 않았다.

조연지는 마황부 고수의 한 손에 머리채가 잡힌 채 짐짝처럼 질질 끌려가면서 고통보다는 고영을 만나지 못할지도 모른다는 절망감에 몸부림쳤다.

코앞에 있던 공포와 절박감은 절망으로 변하여 그녀의 몸과 정신 속으로 파고들었다.

"아아······. 사형······."

무황성은 너무도 간단하게 무너졌다.

무황성이 무력해서가 아니라 마황부와 봉황궁이 너무도 막강했기 때문이었다.

무황성 이천오백여 고수들 중에 천오백여 명이 죽었으며, 천여 명이 포로로 잡혔다.

그렇지만 두 거대 방파 간의 싸움은 아직 완전히 끝난 것이 아니었다.

무황성주의 거처인 무황각과 대공자 혁련천풍의 거처인 청룡원 앞 광장에서 아직도 두 무리의 치열한 싸움이 계속되고 있는 중이었다.

무황각과 청룡원은 각기 멀리 떨어져 있기 때문에 무황성주 혁련필과 혁련천풍은 서로의 존재에 대해서 까맣게 모른 채 무황성에서 자신들만이 마지막까지 남아 싸우고 있다는 생각을 했다.

그래서 그 싸움은 더욱 외롭고 처절하며 절박했다.

차차차차창!
"크아악!"
"흐악!"
무황각 앞 광장에서는 무황성주 혁련필을 위시하여 그의 호위인 천룡위와 이십오 명의 천룡위사들이 둥글게 원을 형성한 상태에서 자신들을 겹겹이 포위하고 있는 마황부 고수들과 힘겨운 사투를 벌이고 있었다.

무황성주 등을 공격하고 있는 것은 마황부 최정예고수인 사십 명의 마신전사들이었다.

그리고 그들에게서 약간 떨어진 외곽에는 백여 명의 마신전사들이, 또 그 바깥쪽에는 천여 명의 마풍사로군이 겹겹이 포위한 형세였다.

무황성주 등은 다 합쳐 봐야 이십칠 명에 불과한데, 그들을 공격하거나 혹은 포위하고 있는 마황부 고수들은 천 명이 훨씬 넘었다.

그것은 애초부터 싸움 자체가 성립되지 않는 싸움이었다. 그런데도 무황성주 혁련필은 끝까지 항복하지 않고 사투를 벌이고 있었다.

그는 무인답게 싸우다가 장렬하게 전사(戰死)하기를 원하고 있는 것이었다.

마신전사 사십 명은 여유있게 싸우면서 천룡위사들을 농락하고 있었다.

마신전사 한 명과 천룡위사 한 명이 맞붙어 싸우면 비슷한 수준인데, 천룡위사는 이십오 명이고 마신전사는 사십 명이니 상대가 되지 않았다. 더구나 마황부 고수들은 그들만이 아니지 않은가.

무황성주 혁련필은 마신전사의 총수령인 마신군주(魔神君主) 혼자서 상대하고 있었다.

그리고 천룡위는 마신군주 직속 수하인 부군주가 상대하여 싸우고 있었다.

"흐악!"

"크억!"

그때 처절한 비명 소리가 터지면서 천룡위사 두 명이 목과 가슴에서 피를 뿜으며 쓰러졌다.

천룡위사들은 죽음을 각오하고 사투를 벌이고는 있지만, 아무리 발버둥을 쳐도 자신들은 전멸할 수 없다는 사실을 이미 알고 있는 터라 크게 위축이 되어 평소의 실력을 제대로 발휘하지 못한 채 속속 죽어가고 있었다.

땅바닥에는 거의 천룡위사들의 시체로 뒤덮여 있었고, 간혹 마신전사의 시체가 보이는 정도였다.

혁련필은 마신군주와 전력을 다해서 싸우면서 믿을 수 없게도 반 수 정도 열세에 처해 있었다.

무황성주가 마황부주도 아니고 그의 일개 수하에게 열세라니 경악할 일이었다.

혁련필은 마황부가 그동안 암중에서 천하제패를 위해 얼마나 공을 들였는지 깨닫고 치를 떨었다.

그는 그 사실이 차라리 죽는 것보다 더 치욕스러워서 견딜 수가 없었다.

마황부주인 마랑군도 아니고 그 수하 중에 한 명과 싸우면서 열세라니, 불신과 치욕 때문에 그의 얼굴은 벌겋게 달아오른 상태였다.

혁련필은 싸우는 와중에 한쪽을 힐끗 쳐다보았다.

그의 시선이 닿은 곳은 천룡전 돌계단 위인데, 그곳에 마랑군이 팔짱을 낀 채 여유있는 모습으로 우뚝 서서 싸움을 지켜보고 있었다.

마랑군의 입가에 흐릿하게 떠올라 있는 미소가 혁련필의 동공 속으로 파고들었다.

'크으윽!'

견딜 수 없는 모멸감이 머리를 뚫고 뇌 속으로, 가슴을 뚫고 심장 속을 쑤시고 들었다.

지금의 상황으로는 가느다란 한줄기 희망조차도 보이지 않았다.

혁련필은 무황성이 이미 전멸하고 자신만 남아서 고군분투하고 있다는 사실을 알고 있었다.

그래서 이것은 너무도 무의미한 싸움이었다. 싸워 이겨서 무황성을 지켜내는 것도 아니고, 그렇다고 무엇인가를 얻는 것도 아니었다.

굳이 이유를 대라면, 이것은 다만 죽기 위해서, 죽음을 향한 무의미한 싸움일 뿐이었다.

그는 자신의 주위에서 처절하게 싸우고 있는 수하들을 둘러보았다.

가련하게도 그들의 얼굴에는 필사항전의 기개가 역력하게 떠올라 있었다.

성주를 위해서라면 싸우다가 죽어도 결코 후회하지 않겠다는 각오들이었다.

그래서 그것이 더 혁련필을 괴롭혔다.

'대체 무엇 때문에 이 싸움을······.'

그는 이제 싸움을 포기하려고 마음먹었다. 자신이 검을 놓기만 하면 최소한 수하들의 목숨은 건질 수 있을 것이라고 여겼다.

마랑군은 짝을 찾아보기 어려운 효웅(梟雄)이라서 항복하는 사람을 죽이지는 않을 것이다.

하지만 운명은 끝까지 혁련필의 편에 서주지 않았다.

그가 막 검을 놓고 마랑군에게 항복을 표명하려는 순간,

"혁련필!"

허공중에서 갑자기 쩌렁쩌렁한 여자의 호통성이 터졌다.

혁련필이 가볍게 놀란 얼굴로 허공을 쳐다보자 갑자기 허공중에서 작은 태양이 폭발하는 듯한 섬광이 일었다.

번쩍!

그 순간 한줄기 눈부신 빛줄기가 혁련필을 향해 폭발하듯이 내리꽂혔다.

빛줄기는 도합 일곱 가지 광채를 발하고 있었다. 그것이 꽈배기처럼 꼬아져 맹렬하게 회전하면서 일직선을 그으며 혁련필을 향해 무시무시하게 하강했다.

혁련필의 얼굴에 놀라움이 가득 떠올랐고, 그의 입에서 탄식 같은 중얼거림이 흘러나왔다.

"홍예신공……."

천하에서 홍예신공을 펼칠 수 있는 사람은 단 한 명.

봉황옥선후 사도빙뿐이다.

그 순간 퍼뜩 정신을 차린 그는 자신의 모든 공력을 끌어올려 도강(刀罡)을 펼쳐 홍예신공에 맞섰다.

지금은 몹시 지쳐서 평소 공력의 칠 할 정도만 남아 있는 상태지만, 그 정도로 충분히 홍예신공을 상대할 수 있을 것이라고 여겼다.

그가 알고 있는 사도빙은 자신과 비슷한 수준이었다.

하지만 그는 평소의 사도빙이 자신의 실력을 삼 할 이상 감추고 있었다는 사실을 알지 못했다.

혁련필이 생전에 마지막으로 본 것은 눈앞을 온통 뒤덮은

찬란한 무지개였다.

뻐억!

홍예신공은 혁련필이 펼친 도강은 물론 그의 도까지도 가루로 만들어 버리면서 혁련필의 온몸에 적중됐다.

영혼이 몸을 빠져나가는 순간에도 혁련필은 비명조차 지르지 못했다.

온몸이 갈가리 찢어지고 조각났는데 어떻게 비명을 지를 수 있었겠는가.

갑자기 허공에서 뿜어진 홍예신공 때문에 싸움은 이미 중지된 상황이었다.

모두들 혁련필의 어이없는 죽음을 주시하며 각자의 감정과 표정에 충실하고 있었다.

척!

그때 허공에서 날렵하게 쏘아내린 사도빙이 싸움터 한복판에 깃털처럼 내려섰다.

'빙 매······.'

돌계단 위의 마랑군은 사도빙을 발견하고 만면에 반갑고도 기쁜 표정을 떠올렸다.

그는 내심을 전혀 드러내지 않는 사람으로 유명하지만, 지금 이런 순간만큼은 예외였다.

그는 오래전부터 진심으로 사도빙에게 반해 있었고, 그녀를 사랑하고 있었다.

그러나 그녀가 자신을 사랑하는지 하지 않는지에 대해서는 별로 개의치 않았다.

중요한 것은 자신이 누굴 사랑하고 있다는 것과 그것을 소유할 자신이 있다는 사실이므로.

"이놈! 천룡위!"

사도빙은 천룡위를 향해 돌아서며 서릿발처럼 내뱉었다.

원래 그녀는 쉽사리 분노하는 편이 아니지만, 지금은 그렇지 않았다. 상대가 천룡위이기 때문이었다.

천룡위는 검황루와 결탁하여 항주성에서 자신을 암습한 인물 중 한 명이었다.

검황루의 초혈기가 삼십 개의 혈매비를 발사한 직후, 중독된 그녀의 심장 부위에 깊숙이 일검을 찌른 자가 바로 천룡위였던 것이다.

천룡위는 착잡한 표정으로 사도빙을 쳐다볼 뿐 입을 굳게 다문 채 아무 말도 하지 않았다. 대저 이런 상황에서 무슨 말을 할 수 있겠는가.

입을 열어봐야 그 당시의 일에 대한 변명이나 정당성을 주장하는 것밖에 달리 할 말이 없을 터이다.

그러나 천룡위는 검황루와 결탁하여 사도빙을 죽이려고 했던 일에 가담했던 것을 지금도 후회하지는 않는다.

만약 지금 또다시 그런 상황이 닥친다면 그는 망설임없이 기꺼이 그 일을 행할 것이다.

슥—

그때 사도빙이 천룡위를 향해 오른손을 뻗었다.

천룡위는 움찔하면서 본능적으로 공력을 끌어올려 방어하려고 했다.

사도빙은 한줄기 싸늘한 미소를 머금은 채 팔을 안으로 굽히면서 가볍게 끌어당기는 시늉을 해 보였다.

그러자 철탑처럼 우뚝 서 있던 천룡위의 몸이 그녀를 향해 움찔 끌려갔다.

지이이…….

두 발이 한껏 버티고 선 채 땅 위에 깊숙한 선을 그으면서 끌려가고 있었다.

천룡위는 크게 놀라 끌려가지 않으려고 공력을 극한으로 끌어올리며 버텼다.

뚜둑!

"크으……."

그러나 사도빙의 공력을 이길 수는 없었다. 끌려가지 않으려고 버티다가 오히려 그의 허리뼈와 갈비뼈 몇 개가 와드득 부러져 나갔다.

몸을 지탱하는 뼈들이 부러진 판국에는 더 이상 버틸 수가 없었다.

스으으—

"흐흑!"

그는 상체와 하체가 따로 놀면서 허공을 수평으로 날아 목이 사도빙의 손아귀에 움켜잡혔다.

사도빙은 천룡위를 보면서 입가에 득의하면서도 잔인한 미소를 피워 물었다.

"어떠냐, 천룡위? 지금도 나를 죽이고 싶겠지?"

"끄으으……. 항주에서 네년을 죽이지 못한 것이 천추의 한이다. 더러운 계집……."

순간 사도빙의 눈에서 서늘한 한광이 줄기줄기 뿜어졌다. 그녀는 이런 조무래기를 오래 데리고 노는 것을 결코 즐겨하지 않았다.

그녀는 천룡위의 목을 잡고 있는 손에 슬쩍 힘을 주어 옆으로 비틀었다.

우두둑!

"끄으……."

아마도 평소의 천룡위는 언젠가 자신에게 죽는 순간이 닥치면 우아하게, 그리고 장렬하게 죽고 싶었을 터이다.

그러나 현실은 그렇지 못했다. 그의 눈알이 투둑 튀어나와 뺨에서 대롱대롱 매달렸으며, 온몸이 뻣뻣해지며 격렬하게 부들부들 떨다가 똥오줌을 내갈기더니 더없이 흉한 모습으로 숨을 거두었다.

사도빙은 마치 더러운 물건이라도 되는 듯, 목이 꺾인 천룡위를 땅바닥에 내팽개치고 나서 아직 남아 있는 천룡위사들을 스윽 둘러보았다.

이어서 마신전사들을 향해 냉랭한 어조로 명령했다.

"뭣들 하느냐? 이놈들을 모조리 죽여 버려라."

그러나 마신전사들은 꼼짝도 하지 않았다. 사도빙이 자신들의 상관이 아니기 때문이었다.

그때 마랑군이 껄껄 웃음을 터뜨렸다.

"핫핫핫! 이놈들아! 옥선후의 말씀이 곧 내 말이다!"

그러자 마신전사들이 일제히 천룡위사들에게 달려들며 공격을 재개했다.

뒤이어 터져 나오는 천룡위사들의 구슬픈 비명 소리를 뒤로하고 사도빙은 천천히 격전장을 빠져나와 돌계단을 향해 미끄러지듯이 다가갔다.

마랑군도 가만히 있지 않고 환한 미소를 지으면서 성큼성큼 돌계단을 내려왔다.

그의 시선은 사도빙의 얼굴에서 한시도 떨어지지 않았으며, 얼굴에는 사랑스러움이 가득했다.

이윽고 돌계단 아래에 두 사람이 마주 섰다.

"빙 매! 과연 돌아와 주었군!"

마랑군이 자신의 지금 심정을 그 한마디에 모두 담으려는 듯 격동 어린 표정으로 입을 열었다.

사도빙의 싸늘한 얼굴은 변하지 않았다. 다만 눈과 입으로 살짝 미소를 지었다.

"부주, 오랜만이군요."

그녀의 미소에 마랑군은 눈이 부심을 느꼈다. 그는 사도빙이 오직 자신에게만 미소를 짓는다는 사실을 믿어 의심하지 않았다.

천하에서 그녀의 웃는 모습을 본 사람은 자신이 유일하다고 믿었고, 과거에는 실제 그랬었다.

마랑군은 사도빙의 어깨에 손을 얹으려고 뻗으면서 호방하게 웃었다.

"우리가 애초에 약속했던 대로 빙 매 없이 나 혼자서 천하대계를 시작했소."

사도빙은 마랑군의 손이 자신의 어깨에 닿으려는 순간, 격전장을 돌아보는 것처럼 빙글 몸을 돌리면서 자연스럽게 슬쩍 피했다.

예전 같으면 가만히 있었겠지만 지금은 그럴 수가 없었다. 그녀는 마치 자신의 몸이 자신의 것이 아니라 호리의 소유물인 것 같은 생각이 들었다.

마랑군의 눈빛이 가볍게 변했지만, 그는 그 정도를 마음에 담아둘 소인배가 아니다.

예전에 사도빙은 마랑군이 자신의 손을 잡거나 어깨를 안는 정도는 양해했었다.

그래도 마랑군은 그 정도만으로 만족했었다. 사도빙 같은 천하제일녀가 자신의 여자이고, 장차 아내가 될 터인데 잠시 참는 것쯤은 문제도 되지 않았다.

 문득 사도빙은 생각난 듯이 저 너머 낭원이 있는 곳 허공을 바라보았다.

 그곳에서는 매캐한 검은 연기가 뭉클뭉클 치솟아 하늘 높이 사라지고 있었다.

 그녀는 조금 전에 수하로부터 단봉군주가 한 사내와 함께 있다는 보고를 받았었다. 물론 그녀는 그 사내가 호리라는 사실을 잘 알고 있다.

 그녀가 호리에게 '금세 다녀올게' 하면서 헤어졌던 것이 오늘로서 벌써 사흘째가 되었다.

 그토록 보고 싶어하던 호리는 지금 그녀가 있는 곳에서 불과 수백 장 거리에 있다.

 훌쩍 몸을 날려 달려가기만 하면 두어 번 호흡할 정도 후에 그를 만날 수 있는 것이다.

 나는 무엇 때문에 그를 만나지 못하는 것인가?

 도대체 호리보다 더 중요한 것이 무엇이라고 그를 만나지 못하는 것인가?

 문득 그런 생각이 사도빙의 가슴 밑바닥에서 울컥 치밀어 올랐다.

 홀홀 다 떨쳐 버리고 지금이라도 당장 호리에게 달려가고 싶다는 생각이 갑자기 마구 솟구쳤다.

 '가자! 가면 되는 것을, 못 갈 것이 무에 있다는 말인가?

사도빙은 주먹을 불끈 쥐었다.

그렇지만 그녀는 선 자리에서 한 걸음도 떼어놓지 못했다.

대체 무엇이 그녀의 발목을 붙잡고 있다는 말인가.

그때 마랑군이 다정하게 사도빙의 손을 잡고 이끌었다.

"빙 매, 싸움은 끝났으니 이제 갑시다. 오늘 밤은 한잔 술을 나누면서 밀린 회포나 풉시다."

사도빙은 낭원 쪽 하늘을 한 번 바라보고는 보일 듯 말 듯 안타까운 표정을 지었다가 발길을 돌렸다. 그녀가 마랑군 쪽으로 얼굴을 돌릴 때에는 그녀의 얼굴에서 안타까운 표정은 이미 사라진 후였다.

그녀는 도저히 마랑군의 말을 거절할 수가, 아니, 천하제패의 유혹을 뿌리칠 수가 없었다.

지금으로서 그녀가 할 수 있는 것이라곤 슬며시 마랑군의 손을 뿌리치는 정도가 고작이었다.

문득 사도빙은 어디선가 무기가 부딪치는 소리와 비명 소리가 아련하게 들려오는 것을 감지하고 걸음을 멈추며 그쪽 방향을 쳐다보았다.

마랑군이 무슨 일이냐는 듯 마신군주를 쳐다보자 수하 한 명이 즉시 공손히 보고했다.

"청룡원 앞에서 무황성주의 큰아들 혁련천풍이 직속 수하들 십여 명과 마지막 항전을 하고 있습니다만, 반 각 안에 제압될 것이라는 보고입니다."

사도빙은 다시 걸음을 옮기면서 붉은 입술을 나풀거렸다.
"그럼 수하들을 철수시켜도 되겠군요."
그녀는 허공을 향해 나직이 중얼거렸다.
"추홍쌍신은 본 궁의 수하들을 철수시켜라."
"명을 받듭니다."
허공 어디에선가 나직하지만 쩌렁한 음성이 들려왔다. 사람들은 그들이 추홍쌍신일 것이라고 생각했다.
마랑군은 고개를 끄덕였다.
"혁련천풍을 제압할 인원만 남겨두고 본 부의 수하들도 모두 철수하라."
"존명."
사도빙이 봉황궁 고수들을 철수시킴으로써 마황부 고수들도 철수시키게끔 유도한 것은 호리가 자유롭게 행동할 수 있게 해주려는 의도였다.
사도빙과 마랑군을 필두로 마황부의 굵직굵직한 거물들이 뒤를 따랐다.
뒤이어 마신전사들과 마풍사로군, 마병, 정병들이 속속 철수하기 시작했다.

호리는 크게 낙담했다.
가려의 비호를 받으면서 무황성 곳곳을 찾아봐도 사매 조연지도, 혁련무성도 끝내 찾지 못한 것이다.

가려의 명령으로 조연지를 찾으러 갔던 황기군주도 결국 그녀를 찾지 못했다는 보고를 한 후에 물러갔다.

가능성은 두 가지다. 조연지는 이미 죽었거나, 아니면 무황성을 탈출했을 것이다.

그렇지만 두 가지 가능성 모두 확인할 수가 없어서 그것이 문제였다.

호리는 조연지가 죽었을지도 모른다는 불길한 생각이 자꾸 들었다.

떨쳐 버리려고 아무리 머리를 세차게 흔들어도 그 생각은 찰거머리처럼 들러붙어서 그를 괴롭혔다.

그 반대로 조연지가 무황성을 무사히 탈출했을 것이라는 가능성에 대해서는 끝없이 회의적인 생각이 들었다.

탈출했거나 죽었을 가능성은 반반씩인데, 어째서 호리의 머릿속에서는 탈출보다는 죽었을 것이라는 생각이 지배적으로 떠오르는 것인지 모를 일이었다.

'연지는 무사히 탈출했을 거야! 분명히 그랬을 거야!'

호리는 스스로에게 최면을 걸듯이 속으로 강하게 외쳤다.

그것은 과연 조금쯤은 효력이 있어서 불안하던 마음이 약간 진정됐다.

호리는 가려가 일 장쯤 떨어진 곳에 서서 자신을 묵묵히 주시하고 있는 것을 발견했다.

그녀는 언제나 호리에게서 일 장 이상 떨어지지 않았다. 그 이유는 그녀가 호리를 철저하게 호위하기 위해서지만, 그는 아직 그 사실을 간파하지 못했다.

또한 그녀는 자신이 먼저 의견을 제시하거나 먼저 행동하는 법이 없었다. 그것 역시도 호리는 눈치를 채지 못했다.

그때 호리는 그리 멀지 않은 곳에서 무기끼리 부딪치는 소리가 들려오고 있는 것을 알아차렸다.

아니, 그것은 꽤 오래전부터 들려왔을 텐데 호리가 이제야 들었을 것이다.

무황성 전역은 얼마 전까지만 해도 무기 부딪치는 소리와 장풍이 격돌하는 소리, 호통성과 비명 소리가 뒤죽박죽되어 귀를 먹먹하게 만들었었다.

그런데 지금은 한 장소에서 한 무리가 싸우는 소리밖에 들리지 않고 있었다.

아마도 무황성의 마지막 고수들이 사투를 벌이고 있는 것이리라.

그들이 싸우고 있는 것과 조연지의 생사 여부와는 하등의 관계가 없는 일이거늘, 호리는 왠지 그곳에 가보고 싶다는 생각이 들었다.

어쩌면 그곳에서 조연지에 대한 실낱같은 가능성이라도 찾아내려는 처절한 몸부림인지도 몰랐다.

"가려, 저곳에 가봅시다."

호리는 어딘지 말도 하지 않고 가타부타 그렇게 말하고는 훌쩍 신형을 날렸다.

가려는 호리의 '가려'라는 부름에 더 이상 신경질을 내지 않게 되었다.

호리가 하도 그 이름을 불러서 이제는 어느 정도 만성이 됐기 때문이기도 하고, 지금 호리가 많이 상심해 있는 터라서 이름을 부르는 정도로 짜증을 낸다는 것이 미안한 생각도 들었던 것이다.

그것도 그렇지만 가려는 어느새 호리를 진심으로 돕고 싶다는 감정이 생겼다.

호선의 명령 때문이 아니라 자의에서 우러나 그를 돕고 싶다는 감정 말이다.

가려는 지금껏 수많은 일들을 처리해 왔지만 이런 경우는 처음이었다.

명령을 수행하고 있는 중에 사사로운 감정이 싹트다니, 얼토당토않은 일이지만 그녀는 그것을 굳이 없애려 들지 않고 그냥 내버려 두었다.

이상한 일이었으나 호리에게는 그래야만 할 것 같다는 생각이 든 것이다.

第六十三章
검기(劍氣)

一擲賭者 乾坤

'혁련천풍!'

 청룡원 앞에 당도한 호리는 그곳에서 혁련천풍을 비롯한 청룡위사 일곱 명이 다섯 명의 마신전사와 이십 명의 마풍사로군에게 포위된 상태에서 사투를 벌이고 있는 광경을 목격하고 속으로 크게 외쳤다.

 격전장 주위에는 무황성 고수들과 청룡위사들의 시체가 발에 밟힐 정도로 즐비하게 깔려 있었다.

 혁련천풍과 일곱 명의 청룡위사들은 하나같이 부상을 입은 상태였다.

 부상이 심한 사람은 곧 쓰러질 정도였으며, 가벼운 사람이라고 해봐야 등이나 옆구리, 허벅지에서 피를 철철 흘리는 사람 정도였다.

그들은 그야말로 풍전등화의 위기 상태였다. 언제 몰살할지는 시간문제였다.

더구나 다섯 명의 마신전사들은 싸움에 개입하지도 않고 한쪽에 늘어서서 팔짱을 낀 채 구경하고 있었고, 이십 명의 마풍사로군이 궁지에 몰린 쥐들을 가지고 놀듯이 혁련천풍 일행을 농락하고 있었다.

호리가 볼 때 마황부 고수들은 마음만 먹으면 언제라도 혁련천풍 등을 죽일 수 있을 것 같았다.

호리와 가려는 격전장으로부터 이십여 장쯤 떨어진 어느 전각 모퉁이에서 최대한 기척을 감춘 상태로 엿보고 있었기 때문에 아직 그들에게 발각되지 않았다.

호리가 알고 있는 혁련천풍은 정인군자였다. 그러나 아무리 그렇더라도 그가 조연지를 납치한 혁련무성의 친형이었다는 사실을 미리 알았더라면, 설사 호리의 눈앞에서 죽음을 당하더라도 절대 구해주지 않았을 것이다.

지금 호리는 혁련천풍을 보면서 그를 구해주고 싶다는 생각은 눈곱만큼도 들지 않았다.

오히려 그가 처참하게 죽어가는 모습을 한시바삐 보고 싶은 심정이었다.

물론 그에게는 터럭만큼도 원한이 없다. 있다면 그가 혁련무성의 친형이라는 이유 하나 때문이었다.

"저자는 혁련천풍, 혁련무성의 형이 아닌가요?"

그때 가려가 호리에게 전음을 보냈다.

호리는 격전장에 시선을 고정시킨 채 가볍게 고개만 끄덕일 뿐 아무 말도 하지 않았다.

"당신이 혁련천풍의 누이동생을 납치한 후에 사매와 교환하자고 혁련무성에게 서찰을 보내었다고 했나요?"

호리는 그녀에게 저간의 사정을 대충 설명해 주었다. 뻔한 얘기라서 그는 다시 가볍게 고개만 끄덕였다.

가려가 다시 전음을 이었다.

"어쩌면 그 서찰 때문에 당황한 혁련무성이 자신의 능력으로는 도저히 감당할 수 없다고 판단하여 그 사실을 형인 혁련천풍에게 말했을지도 모르겠군요."

호리는 가볍게 움찔 몸을 떨었다. 가려의 추측은 충분히 가능성이 있는 내용이었다.

만약 정말 그랬다면 정인군자인 혁련천풍이 당연히 조연지에게 어떤 적절한 조치를 취했을 것이다.

"그를 구해야겠어."

갑자기 마음이 급해진 호리는 가려에게 전음을 보내는 것과 동시에 뛰쳐나가려고 했다.

척!

"기다려요."

그때 깜짝 놀란 가려가 뒤에서 급히 두 팔을 뻗어 호리를 붙잡으며 전음으로 외쳤다.

뛰쳐나가려던 호리를 가려가 급히 두 손으로 잡고 힘주어 잡아당겼기 때문에 그의 상체가 뒤로 쓰러지면서 그녀의 품에 안겨 버리는 꼴이 되고 말았다.

호리는 등에 가려의 젖가슴을 물컹 느꼈다.

가려는 사내의 넓고 큰 상체를 가슴으로 안는 순간 머릿속이 하얗게 탈색됐다.

사내의 몸이 그녀의 몸에 이처럼 밀착되기는 생전 처음이기 때문이었다.

호리는 중심을 잃은 상태에서 상체가 뒤로 쓰러져 있느라, 그리고 가려는 너무 놀라서 두 사람은 잠시 동안 그 자세 그대로 가만히 있었다.

호리는 급히 중심을 되찾고 그녀의 몸에서 떨어지면서 전음으로 나직이 꾸짖었다.

"갑자기 잡아당기면 어떻게 해?"

"미… 안해요."

가려는 얼굴을 붉히면서 겨우 대답했다.

"그런데 왜 붙잡은 거지?"

호리는 이제 가려에게 아예 대놓고 말을 놓고 있었다.

가려는 입술을 삐쭉거렸다. 자신이 크게 잘못한 것도 없는데 다그쳐 대는 호리가 미워서였다. 그런 그녀의 모습이 예쁘면서도 귀여웠다.

가려가 화를 참으려고 눈을 내리깔고 작게 심호흡을 하자 풍만한 가슴이 기복을 일으키며 오르내렸다. 호흡을 가다듬은 후 그녀는 전음을 이었다.

"달려가서 뭘 어쩌려는 건가요?"

호리는 격전장을 힐끗 쳐다보며 단호한 표정을 지었다.

"마황부 놈들을 죽이고 혁련천풍을 구해야지."

호리의 무모함에 가려는 자신도 모르게 가볍게 실소를 흘리고 말았다.

그녀는 호리의 실력을 모르지만 그가 혼자서 다섯 명의 마신전사와 이십여 명의 마풍사로군을 상대할 수 있을 것이라고는 생각하지 않았다.

가려가 실소를 흘리고는 급히 얼굴에서 지웠지만 호리는 그것을 놓치지 않았다.

그는 그녀의 실소를 보고 기분이 나빠지지 않았다. 오히려 그녀가 실소를 지은 의미를 즉시 간파했다.

그는 가려가 생각하는 것처럼 무모한 사람이 아니다. 지금은 다만 상황이 다급했기 때문이 자신도 모르는 사이에 생각보다 행동이 앞선 것이었다.

"저들은 얼마나 강한가?"

호리가 즉시 자신의 실수를 인정하는 듯한 표정을 지으면서 나직이 묻자 가려는 잠시 대답을 하지 않고 호리를 바라보기만 했다.

그가 감정적이 아니라 몹시 이성적인 사람이라는 사실을 새삼스럽게 깨달았기 때문이었다.

"한쪽에 따로 서 있는 철모를 쓰고 견폐를 두른 다섯 명은 마신전사라고 하는데, 그들은 마황부의 최정예 중에서도 최정예고수로서 각자의 공력이 팔구십 년을 상회하며, 저들 열 명 만으로도 무황성주를 제압할 수 있을 정도예요."

"저기 견폐를 두른 박쥐 같은 자들 말인가?"

"네."

호리는 마신전사들을 날카롭게 주시했다. 일견하기에도 범상치 않은 고수들 같았다.

그는 무황성주의 무위가 어느 정도인지 잘 모르기 때문에 마신전사 열 명이 무황성주를 제압할 수 있다는 의미를 모를 수밖에 없었다.

현재 마신전사가 다섯 명이니까 과연 자신이 그들을 상대할 수 있을지 확신이 서지 않았다.

그러자면 그가 무황성주 절반 이상의 실력을 지니고 있어야 한다는 얘기가 된다.

그는 가려에게 도와달라고 하지 않았다. 그는 이 일을 당연히 자신 혼자서 처리하는 것으로 생각하고 있었다. 원래 남에게 도움을 받는 데 익숙하지 않아서 그런 것도 있지만, 가려가 이미 많이 도와주었기 때문이다.

호리는 자신이 혼자서 마신전사 다섯 명을 상대하고, 혁련천풍과 청룡위사 일곱 명이 이십 명의 마풍사로군을 상대하고 있으면 자신이 마신전사들을 제압하고 난 후 혁련천풍을 도와 마풍사로군을 격퇴시킨다는 계획을 세웠다.

"흐악!"

호리가 뛰어나가기 전에 처절한 비명 소리와 함께 한 명의 청룡위사가 마풍사로군의 도에 목이 절반쯤 잘려 피를 뿌리면서 쓰러졌다.

그러나 호리는 상관하지 않았다. 그가 필요한 것은 혁련천풍이므로, 아니, 혁련천풍에게서 조연지의 행방을 듣는 것뿐이기 때문에 목적만 달성할 수 있다면 그들이 모두 죽는다고 해도 상관이 없는 일이었다.

호리가 뛰쳐나가기 전에 힐끗 쳐다보자 가려는 무언가 고민하는 듯 복잡한 표정이었다.

"여기에서 기다려."

호리는 마지막 전음을 보내는 것과 동시에 바람처럼 격전장을 향해 쏘아갔다.

사실 가려는 호리를 도와 마황부 고수들을 죽여야 하는지를 고민하고 있었다.

황서웅기군이 무황성에 진입하여 마황부를 도와 무황성 고수들을 주살하는 것으로 미루어, 호선은 종래의 목적인 천하제패를 결행한 것이 분명했다.

그렇다면 봉황궁과 마황부의 동맹관계는 현재 발효된 상태에 있는 것이다.

그런데 단봉군주인 가려가 마황부를 공격한다면 자칫 동맹관계에 금이 갈 수도 있었다. 아니, 필시 그렇게 될 것이고, 장차 그 일 때문에 호선이 곤란한 입장에 처하게 될지도 모르는 일이다.

하지만 사도빙은 가려에게 친히 호리를 호위하고 그가 원하는 것은 무엇이든 도우라고 명령했었다.

그래서 지금 가려는 호리를 도와야 하는지 가만히 지켜보고 있어야 하는지를 고심하고 있는 것이다.

'궁주께서는 저 사람이 원하는 일이라면 무엇이든 전력으로 도우라고 명령하셨다.'

가려는 속으로 다시 한 번 그 사실을 되새기면서 중얼거렸다.

호선도 호리의 사매가 무황성에 감금되어 있다는 사실을 알고 있을 것이다.

그러므로 설혹 호리나 가려가 마황부에게 적대적으로 대하더라도 달리 해결할 복안이 있을 터이다. 가려는 그렇게 생각하기로 했다.

이윽고 결심한 그녀는 머리에 쓰고 있던 단봉관을 벗어 근처의 나뭇가지에 걸어두었다.

그녀는 위아래 백의경장을 입고 있으며, 상의에는 앞과 뒤에 빙 돌아가면서 한 마리 붉은 봉황이 비상하는 그림이 생생하게 수놓아져 있었다.

이른바 '단봉(丹鳳)'인데 그녀의 지위인 단봉군주를 상징하는 그림이었다.

그녀는 재빨리 주위를 돌아보고 아무도 없는 것을 확인한 후에 즉시 상의를 벗어 뒤집어 입었다.

그러자 조금 이상한 모습이기는 하지만 단봉 그림이 감쪽같이 감추어졌다.

그런 모습으로는 그녀가 단봉군주라는 사실을 아무도 알아보지 못할 듯했다.

단봉군주의 신분으로 마황부 고수들을 죽이더라도 최대한 자신의 신분을 은폐하려는 뜻이었다.

호리가 숨어 있던 전각 모퉁이는 나란히 늘어서 있는 마신전사들의 왼쪽 약간 뒤편이었다.

그래서 그가 청점활비와 호선이 책자에 적어준 무풍신이라는 경공법을 번갈아 전개하여 추호의 기척도 없이 비스듬히 허공으로 접근해 오고 있는 것을 마신전사들은 아무도 눈치 채지 못했다.

가려는 마신전사들의 공력이 팔구십 년에 달하고, 열 명이 무황성주를 능히 제압할 수 있는 실력이라고 말했다.

현재 호리의 공력은 이 갑자 정도다. 그래서 그는 정정당당하게 싸운다면 자신이 두 명의 마신전사쯤 상대할 수 있지 않을까 예상을 하고 있었다.

그러나 그는 정정당당하게 싸울 생각은 추호도 없다. 마신전사 다섯 명을 죽일 수만 있다면, 어떤 야비한 방법을 사용하더라도 상관이 없었다.

그는 전각 모퉁이에서 출발하여 불과 한 호흡 만에 마신전사들의 머리 위 반 장 높이에 이르렀다.

사실 그는 전각 모퉁이를 출발할 때에는 허공에서 두 명의 마신전사에게 전쾌검으로 검풍을 발출할 생각이었다.

그런데 쏘아오는 동안에 그의 마음이 수시로 변했다. 전쾌검으로 검기를 전개하는 것이 훨씬 더 실효를 거둘 수 있을 것이라는 생각 때문이었다.

그는 검화와 검린, 검풍은 능수능란하게 전개할 수 있지만, 검기는 아직 미완성의 단계에 있다.

하루빨리 검기를 전개하고 싶다는 열망 때문에 시간이 날 때마다 전력으로 검기를 연마했지만 썩 마음에 드는 수준은 아니었다.

예전에 호선은 호리 앞에서 검기와 검강을 한 차례씩 전개하여 보여주었었다.

호리는 그때 평생에 걸쳐서 단 한 번 본 검기와 검강을 목표로 삼고 있다.

자신이 그 정도의 검기를 펼칠 수 있어야 성공이라고 생각하는 것이다.

그가 틈틈이 검기를 연마할 때 발출되는 검기라는 것은, 호선의 검기와 비교하면 실로 형편없는 수준이었다.

호선의 검기를 열[十]로 치자면 호리 자신의 검기는 다섯[五]에도 미치지 못한다고 판단했다.

그래도 그는 검풍보다는 검기를 발출하여 마신전사들을 급습하는 것이 훨씬 더 효과적일 것이라는 믿음을 버리지 못하고 있었다.

아니, 마신전사들의 머리 위에 이르러 이 갑자 공력을 극한으로 끌어올린 상태에서도 아직 무엇을 전개할는지 결정을 내리지 못한 상태였다.

더구나 검풍은 발출할 때 허공을 찢는 듯한 음향이 발출된다. 그것 때문에 마신전사들이 피하거나 반격을 가할 수도 있는 것이다.

하지만 검기는 아직 어설프기는 해도 검풍보다 서너 배 이상 쾌속하고, 음향이 발출되기는 하지만 그때는 이미 검기가 목표물에 적중된 후다.

호리의 발아래 쪽에 마신전사들의 머리통 다섯 개가 나란히 높여 있었다.

이제 갈등을 끝내야만 한다. 더 이상 지체하다가는 최고의 기회를 무위로 끝내는 것은 물론이고 호리 자신이 위험한 지경에 처하게 될 터이다.

'검기다!'

결국 그는 검기를 발출하기로 결정했다.

이미 극한으로 끌어올렸던 공력을 재빨리 체내에서 주천시키는 것과 동시에 비전검법의 전쾌검 구결을 운용하여 오른팔에 주입시키면서 번개같이 칠룡검을 뽑아 맨 왼쪽 마신전사 머리통을 향해 힘차게 뻗었다.

번쩍!

칠룡검에서 일직선의 섬광이 뿜어져 나가 그가 겨냥한 마신전사의 머리통 두 자쯤에 이르렀을 때에야 쌔액! 하는 파공음이 날카롭고도 짧게 흘렀다.

역시 호선이 펼쳐 보였던 검기하고는 비교할 수 없을 정도로 속도나 위력 면에서 현저하게 떨어졌다.

그렇지만 호선의 검기와 비교하지 않고 그냥 호리의 검기 하나만 놓고 봤을 때에는 꽤 쓸 만했다.

아니, 단순히 쓸 만한 정도가 아니라 상당히 위력적이라고도 할 수 있었다.

퍽!

마신전사들이 어떤 반응을 보이기도 전에 최초의 검기가 더 이상 쾌속할 수 없을 정도의 속도로 쏘아가서 맨 왼쪽에 서 있던 마신전사의 정수리를 뚫고 들어가는가 싶더니 머리통을 잘 익은 수박 쪼개듯이 산산조각을 내버렸다.

창졸간에 당한 급습이라서 그자는 비명은커녕 신음 소리조차 흘려내지 못했다.

"엇?"

"으헛?"

네 명의 마신전사들이 움찔 놀라서 쳐다볼 때, 허공중의 호리는 어느새 두 번째 검기를 발출하고 있었고, 머리를 잃은 마신전사의 몸이 기우뚱 쓰러지기 시작했다.

쌕!

또다시 짧은 파공음이 터져 나올 때, 그제야 네 명의 마신전사들은 급히 허공을 쳐다보려고 고개를 돌렸다.

픽!

그 순간 방금 머리가 쪼개진 마신전사 옆에 서 있던 또 다른 마신전사의 이마 한복판으로 새파란 번갯불 같은 검기 한 줄기가 쑤셔 박혔다.

원래는 정수리를 겨냥했으나 고개를 돌려 위를 쳐다보는 바람에 미간에 적중된 것이었다.

호리는 자신이 전개한 두 개의 검기가 썩 마음에 들지는 않았으나 그로 인해 순식간에 두 명의 마신전사를 즉사시키자 자신감이 부쩍 생겼다.

아니, 자신감뿐만 아니라 이제는 욕심까지 생겼다. 남은 세 명의 마신전사 중에 또 한 명에게 세 번째 검기를 발출하려는 것이었다.

세 명의 마신전사는 그제야 허공중에 정지해 있는 호리를 발견했다.

그렇지만 그들이 미처 어떤 반응을 보이기도 전에 호리의 칠룡검에서 세 번째 검기가 폭발하듯이 뿜어졌다.

쐐액!

파공음이 허공을 쪼갤 때, 세 명의 마신전사는 어깨의 무기를 뽑으면서 몸을 날려 피하고 있었다.

세 번째 제물이 될 마신전사는 자신을 향해 호리가 검을 쭉 뻗는 것과 그 순간 검첨에서 번쩍! 하고 새파란 섬광이 작렬하는 것을 발견했다.

피하기에는 이미 늦었다고 판단한 그는 거의 본능적으로 수중의 도를 들어 올려 얼굴 앞에 세우면서 방어했다.

검기를 제대로 발견하고 방어하는 것이 아니라 본능과 무의식이 합쳐진 조건반사 같은 행동이었다.

쩌겅!

퍽!

다음 순간 세 번째 마신전사의 얼굴 절반이 코 윗부분과 아래로 나누어져서 수평으로 싹둑 베어졌다. 또한 한쪽 눈에는 자신의 도가 깊숙이 꽂혀 버렸다.

검기를 막으려던 도가 검기에 의해서 뎅겅 절반으로 부러져서 튕겨지며 검첨 부분은 눈에 꽂히고, 아랫부분이 머리를 절반으로 잘라 버린 것이었다.

'됐다!'

호리는 내심 쾌재를 불렀다.

검기가 형편없든 마음에 들지 않든, 여하튼 마신전사를 순식간에 세 명이나 죽인 것은 기대 이상의 성과였다.

그 순간 두 명의 마신전사가 양쪽으로 쫙 갈라지는가 싶더니 하강하고 있는 호리를 양면 공격해 갔다. 그들의 반응은 예상외로 신속했다.

혁련천풍은 세 번째 마신전사의 도가 절반으로 부러지는 소리를 듣고서야 비로소 마신전사들에게서 벌어지고 있는 변화를 발견할 수 있었다.

그리고 살아남은 두 명의 마신전사가 공격해 가고 있는 사람이 호리라는 사실을 발견했다.

'호리 공!'

혁련천풍은 내심 기쁨의 탄성을 터뜨렸다. 도대체 호리가 어떻게 해서 이곳에 나타났는지는 모를 일이지만, 그의 출현은 천군만마를 얻은 것처럼 혁련천풍에게 용기와 힘을 불어넣어 주었다.

한쪽에서 지켜보고 있던 마신전사 다섯 명은 혁련천풍과 청룡위사들에게는 공포 그 자체였다.

기적이 일어나서 자신들이 천신만고 끝에 마풍사로군 이십여 명을 모두 죽인다고 해도 마신전사 다섯 명을 당해낼 자신은 없었던 것이다.

그런데 호리가 순식간에 마신전사 세 명을 죽이고 나머지 둘을 상대하여 싸우고 있으니, 그것은 칠흑 같은 어둠 속에서의 한줄기 희망의 빛 같은 것이었다.

"모두 힘을 내자! 이자들만 죽이면 우린 살 수 있다!"

혁련천풍은 일부러 큰 소리로 쩌렁쩌렁하게 외치면서 어렵게 겨우겨우 버티고 있는 여섯 명의 청룡위사들에게 용기를 불어넣어 주었다.

반면에 마풍사로군들은 마신전사들의 갑작스러운 죽음에 크게 놀라고 당황해서 갑자기 공격이 둔화되고 일시적으로 공격 진형이 흐트러졌다.

혁련천풍과 청룡위사들은 그 틈을 이용하여 사력을 다해서 반격을 시도해 보았으나, 잠시 동안 반짝하고 기세를 올리는 것 같더니 결국에는 수적으로 크게 열세인 점을 극복하지는 못했다.

더구나 땅에 내려선 호리는 연속 세 번의 검기를 전력으로 발출했기 때문에 일시적으로 기력이 많이 허비된 상태가 되었다.

바로 그때 마신전사 두 명의 양면 공격을 받게 되어 수세에 처하게 되었다.

차차차창!

허비된 기력을 재충전하려면 어느 정도의 시간이 필요한데 마신전사 두 명의 소나기 같은 공격을 막으면서 뒤로 밀리느라 그럴 여유가 없었다.

'이렇게 밀리다가는 기력을 회복하기 전에 내가 당하고 말

것이다.'

 검기를 전개하기 전에 이런 상황을 예상하지 못한 것은 아니었지만, 이 정도로 심각할 줄은 미처 예상하지 못했던 호리는 진땀을 흘리며 연신 뒷걸음질 치면서 수중의 칠룡검을 휘둘러 어렵사리 방어를 했다.

 마신전사들의 공격은 하나같이 잔인하면서도 위력적이었다. 그중 어느 것 하나라도 막지 못하면 중상을 입거나 죽음을 당할 것이 분명했다.

 그러나 지금으로서는 어찌해 볼 방법이 없었다. 마신전사들을 과소평가한 것이 실수라면 실수였다.

 그때 호리는 조금 전까지 자신이 숨어 있던 전각 모퉁이에서 하나의 흰 인영이 이쪽으로 바람처럼 쏘아오는 것을 발견하고 가볍게 표정이 변했다.

 처음에 그는 그 사람이 가려인 줄 알아보지 못했다. 머리의 단봉관과 걸치고 있던 견폐를 벗은 데다 상의까지 뒤집어 입은 모습이었기 때문이다.

 "당신은 혁련천풍을 돕도록 하세요."

 그때 호리의 고막을 두드리는 귀에 익은 전음이 들렸다.

 '가려!'

 그가 내심 깜짝 놀라고 있을 때, 가려는 이미 어깨의 검을 뽑아 들고 두 명의 마신전사들을 향해 날카로운 검초식을 전개하고 있었다.

방금까지만 해도 궁지에 몰렸던 호리는 두 팔을 늘어뜨린 채 거칠게 숨을 몰아쉬면서 가려와 마신전사들이 싸우는 광경을 지켜보았다.

가려는 시종 여유있게 마신전사들을 상대하고 있었다. 아니, 그녀는 오히려 대여섯 초식 만에 마신전사들을 궁지로 몰아넣어 버렸다.

그녀의 초식은 간명하면서도 몹시 위력적이었다. 또한 호선과 많이 닮아 있었다.

그녀는 봉황궁 서열 사위라는 신분에 걸맞는 막강한 실력을 지니고 있었다.

호리는 잠시 동안 가려의 싸우는 모습을 지켜보면서 그녀가 자신보다 한 수 이상 고강하다는 사실을 깨달았다.

"흐악!"

그러다가 갑자기 들려온 처절한 비명 소리에 퍼뜩 정신을 차렸다.

급히 쳐다보니 청룡위사 한 명이 마풍사로군 고수의 도에 몸통이 비스듬히 통째로 잘라져서 피분수를 뿜으면서 쓰러지고 있었다.

혁련천풍을 쳐다보니 그는 열 명의 마풍사로군에게 둘러싸여 악전고투를 하고 있는 중이었다.

이미 여러 군데 상처를 입었는데, 그중에는 목숨을 위태롭게 할 만한 중상도 두 군데 있었다.

더구나 기력이 극도로 탈진하여 안색이 백지장처럼 창백했으며, 거친 숨소리가 상처 입은 맹수의 그르렁거리는 소리처럼 흘러나왔다.

그가 언제 마풍사로군의 도에 당할 것인지는 시간문제였다.

껑!

아니, 호리가 쳐다보고 있는 중에 마풍사로군이 휘두르는 도를 막으려던 혁련천풍의 검이 절반으로 부러지더니 쓰러질 듯이 비틀거리며 뒤로 물러서고 있었다.

더 이상 지체할 수가 없는 호리는 혁련천풍을 향해 전력으로 쏘아갔다.

혁련천풍을 집중공력하고 있는 마풍사로군 열 명 중에서 네 명이 덮쳐 오는 호리를 발견하고는 즉각 몸을 돌려 저돌적으로 마주쳐 나왔다.

호리는 잠시 쉬는 사이에 기력을 거의 회복했다. 세 차례 검기를 발출한 것은 순간적으로 과도한 공력을 쏟아낸 것이므로 회복하는 데 오래 걸리지 않았다.

그는 마풍사로군과 싸워본 경험이 있기 때문에 추호도 겁내지 않았다.

그들과의 싸움에서 크게 이겼던 그는 오히려 없던 용기까지 생겨났다.

그는 비전검법의 비화검을 눈부시게 전개하면서 네 명의

마풍사로군에게 공격을 퍼부었다.

비화검은 위력적이고 변화무쌍한 검법이다. 이 갑자 공력에서 쏟아져 나오는 소나기 같은 검화와 검린들을 네 명의 마풍사로군은 감당해 내지 못했다.

"크악!"

"으왁!"

수많은 검화와 검린들이 네 명의 마풍사로군을 벌집으로 만들어 한꺼번에 거꾸러뜨렸다.

호리는 혁련천풍을 상대하고 있는 여섯 명의 마풍사로군을 향해 역시 비화검을 전개하면서 거침없이 덮쳐 갔다.

마신전사는 검기를 전개했지만, 마풍사로군 정도는 검화나 검린으로도 충분하다고 판단했다.

호리가 갑자기 뛰어들자 여섯 명의 마풍사로군은 혁련천풍을 놔두고 일제히 호리에게 덤벼들었다.

혁련천풍은 갑자기 상대할 적들이 없어지자 두 팔을 축 늘어뜨리고 비틀거리다가 그 자리에 풀썩 주저앉았다. 긴장이 한꺼번에 풀려 버린 것이었다.

마풍사로군 여섯 명은 호리의 상대가 되지 못했다. 그는 싸움 경험이 그리 많지 않은 것치고는 매우 잘 싸웠다.

싸움은 실력만 갖고 하는 것이 아니다. 풍부한 경험과 노련함이 밑바탕이 돼야 이길 수 있는 것이다.

그런 면에서 호리는 마풍사로군과 한 번, 색혈루의 살수들과 두세 번 싸워본 경험을 최대한 살려서 이 싸움에서 적용시키고 있었다.

더구나 그는 실력에서 마풍사로군보다 월등히 뛰어나기 때문에 이십여 초가 지나기도 전에 여섯 명의 마풍사로군을 모조리 쓰러뜨렸다.

그러자 기진맥진해 있는 청룡위사 다섯 명을 상대하고 있던 십여 명의 마풍사로군이 그들을 놔두고 일제히 호리를 향해 공격해 왔다.

극도로 지치고 무수히 상처를 입은 다섯 명의 청룡위사들도 앞 다투어 그 자리에 주저앉았다.

만약 마풍사로군이 다시 공격한다면 그들은 앉은 채 죽을지언정 다시금 반격할 여력이 조금도 남아 있지 않았다.

호리는 혁련천풍을 살려내는 것으로 싸움을 그만둘 생각이었으나 자신을 공격해 오는 열 명의 마풍사로군을 내버려 둘 수는 없는 노릇이었다.

그는 칠룡검을 움켜쥔 채 한 발자국도 물러서지 않으며 덮쳐 오는 마풍사로군들을 맞이하여 싸우기 시작했다.

주저앉아 있는 혁련천풍은 가쁜 숨을 몰아쉬면서 호리를 쳐다보았다.

그는 지난번에 이어서 두 번째 호리에게 목숨을 구함받는 구명의 은혜를 입었다.

이즈음 그의 눈에는 호리가 평범한 사람이 아니고 천신처럼 비쳐졌다.

그는 지금 호리가 마신전사들을 죽이고, 또 마풍사로군과 싸우는 광경을 지켜보면서 그가 지난번에 보여준 실력이 전부가 아니었음을 깨달았다.

호리 혼자서 마신전사 세 명을 순식간에 해치우다니, 실로 놀라운 일이 아닐 수 없었다.

호리가 세 명의 마풍사로군을 죽였을 즈음, 가려는 두 명의 마신전사를 거뜬하게 죽이고 호리를 도우러 달려왔다.

호리 혼자서도 일곱 명의 마풍사로군쯤은 충분히 해치울 수 있었다.

그런데 가려까지 합세하자 그들은 채 열 호흡도 버티지 못하고 피를 뿌리며 쓰러졌다.

마신전사들과 마풍사로군 이십오륙 명의 시체 한가운데 나란히 우뚝 서 있는 호리와 가려의 모습은 누가 봐도 늠름하기 짝이 없었다.

혁련천풍은 호리 혼자서 싸우고 있는 것을 보면서 돕고 싶다는 간절한 마음 때문에 여러 차례나 일어나려고 애를 썼지만 허사였다. 도무지 몸이 내 것 같지 않아서 말을 들어주지 않았다.

싸움이 끝난 지금도 일어나 호리에게 가서 구명지은의 예의를 갖춰야 하지만 한 올의 힘도 남아 있지 않아서 그러지를 못했다.

오히려 이대로 드러누워서 눈을 감고 깊은 잠에 취하고 싶은 마음을 사력을 다해서 버티고 있는 중이었다.
 그때 호리가 혁련천풍을 향해 성큼성큼 걸어왔다.
 "호리 공······."
 혁련천풍은 미소를 지으려고 애쓰면서 호리를 쳐다보며 중얼거리다가 그대로 정신을 잃고 말았다.

第六十四章
미궁(迷宮)

一擲賭者
乾坤

호리는 만신창이가 되어 혼절한 혁련천풍을 구사문에서 운영하는 기루 중에 한곳으로 데리고 와서 의원에게 치료를 부탁했다.

그는 중상을 입은 다섯 명의 청룡위사들도 혁련천풍과 함께 기루로 데리고 왔다.

죽어가는 그들을 차마 버려두고 올 수가 없었다. 그리고는 단지 그것뿐이라고, 더 이상 돕지 않겠다고 스스로에게 여러 차례 다짐을 했다.

혁련천풍은 원래 심신이 누구보다 강인한 사람이라서 의원의 정성스러운 치료를 받고 기루에 온 지 한나절 만에 정신을 되찾았다.

그가 누워 있는 침상 곁에는 한시도 자리를 비우지 않은 호리가 의자에 앉아 있었다.

"호리 공……."

눈을 뜨자마자 호리를 발견한 혁련천풍은 반가움과 고마움이 교차된 표정을 지으면서 일어나려고 안간힘을 쓰다가 신음을 터뜨리며 도로 눕고 말았다.

그는 누운 채 나직하게 헐떡이면서 죄스러운 표정을 얼굴에 가득 떠올렸다.

"미… 안하오. 두 번씩이나 은혜를 입고서도…… 예의조차 갖추지 못하는 신세라니……."

그러나 호리는 묵묵부답 굳은 표정으로 혁련천풍을 주시하기만 했다.

호리의 마음을 아는지 모르는지 혁련천풍은 누운 채 진심 어린 표정으로 말을 이었다.

"고맙소, 호리 공. 이 은혜는 삼생(三生)을 살아도 다 갚지 못할 것이오."

문득 그의 얼굴빛이 흐려졌다.

"그러나 호리 공은 괜한 일을 하셨소. 나는 살고 싶은 생각이 추호도 없는 사람이오."

그는 스르르 눈을 감았는데 눈꺼풀이 파르르 떨렸다. 마음의 격동이 극심한 듯했다.

"음… 수하의 보고에 의하면 아버님께서 돌아가셨다고 하오. 무황성은 마황부와 봉황궁에 전멸하고… 누이동생은 납치되어 생사를 알 수 없으니……. 그래서 나는 차라리 죽는 것이 낫다고 생각하고 마황부와 싸웠던 것이오."

이제는 그의 어깨까지 가늘게 떨렸다. 절망감과 죄책감이 그를 괴롭히고 있는 것 같았다.

"그런데 이렇게 나만 살아나서… 그분들 뵐 낯이 없구려……. 크으윽……."

호리는 돌처럼 단단한 표정으로 그를 응시하기만 할 뿐 침묵을 지키고 있었다.

말을 하는 도중에 절망감이 점점 더 깊어져 가는지 혁련천풍은 평소의 굳건한 평정심을 잃어버리고 감정이 점점 더 격해져 갔다.

"더구나… 누이동생 상예를 찾아야 하는데……."

이윽고 호리가 방금 전보다 더 차갑게 굳은 얼굴로 입을 열었다.

"그녀를 찾을 방법이 있소?"

혁련천풍은 눈을 뜨고 호리를 바라보다가 처연한 표정을 얼굴에 떠올렸다.

"얼마 전에는 있었는데 지금은 없어졌소."

"어째서 그렇소?"

혁련천풍의 입가에 쓸쓸한 미소가 떠올랐다가 사라졌다.

미궁(迷宮) 197

"사실은…… 내게 남동생이 하나 있는데 천하에 짝을 찾기 어려울 정도의 파락호에 호색한이오. 그놈이 얼마 전에 산동성을 여행하다가 마음에 드는 소녀 한 명을 강제로 납치해 왔었는데… 그녀의 사형이 자신의 사매를 찾기 위해서 상예를 납치해 갔소. 인질들을 서로 교환하자는 것이오."

호리의 두 눈에서 새파란 안광이 뿜어졌다. 만약 그때 마침 혁련천풍이 눈을 감지 않았더라면 그 안광을 발견하고 적잖이 놀랐을 터이다.

"나는 그 사실을 오늘에서야 알게 되어 아우 놈에게서 그 소녀를 데려와 내 전각에 머물도록 했소. 그녀를 사형에게 돌려보내 주고 그녀의 부친을 찾아주기로 약속했었는데……. 그것이 마음에 걸리오."

"누이동생 때문이오?"

호리가 불쑥 물었다. 음성이 너무도 냉랭해서 혁련천풍은 가볍게 놀라 눈을 뜨고 호리를 쳐다보다가 힘없이 고개를 절레절레 가로저었다.

"상예도 걱정되지만… 그 소녀가 더 걱정이오. 마황부가 일반 백성들은 해치지 않으니 생사는 안심이 되오만. 그녀 혼자서 사형과 부친을 찾을 수 있을는지… 어디에서 헤매며 고생이나 하고 있지는 않는지 걱정이오. 그녀에게 아우를 대신해서 용서를 빌어야 하건만……."

혁련천풍을 주시하는 호리의 눈빛이 가볍게 흔들렸다. 그는 지금 자신의 누이동생보다 조연지를 더 걱정하고 있었다. 그의 성격을 익히 알고 있는 호리는 그것이 거짓이 아닐 것이라고 생각했다.

또한 그가 혁련무성에게서 조연지를 데려와 자신의 거처에 머물게 하고, 사형에게 돌려보내 줄 것과 부친을 찾아주기로 약속했다는 대목에서 그의 진심이 느껴져 마음이 조금 흔들린 것이다.

조연지를 납치한 혁련무성의 형이지만, 그는 원칙적으로 악을 미워하는 정인군자였다.

"더구나 그 짐승 같은 놈은 소녀의 사형에게 살수들을 보내어 살해하려다가 실패했다는 것이오. 음……."

혁련천풍은 분을 참지 못하겠다는 듯 턱을 떨었다.

"만약……."

호리가 입을 열자 혁련천풍은 눈을 뜨고 그를 바라보았다.

"만약 동생이 그녀의 부친을 살해했다면, 그래서 그녀에게 부친을 찾아줄 수 없다면 어떻게 하겠소?"

혁련천풍은 놀란 얼굴로 되물었다.

"왜 그렇게 생각하는 것이오?"

"그녀의 사형에게 살수를 보냈다면, 부친에게도 보내지 않았겠소?"

"아… 그렇구료. 거기까지는 미처 생각하지 못했소."

혁련천풍은 망연자실한 표정을 지었다.

"그럴 수도 있을 것이오. 아니, 그놈은 그러고도 남을 놈이오. 아아…… 만약 부친이 변을 당했고, 그 사실을 그녀가 알게 된다면……."

"정말 그렇다면 동생을 어떻게 해야 하겠소?"

혁련천풍은 이를 악물면서 치를 떨었다.

"무성이 그런 인면수심의 악행을 저질렀다면……. 절대 용서하지 않을 것이오. 만약 그놈이 살아 있다면 말이오."

"용서하지 않겠다는 것은 어떤 벌이라도 내려서 징계하겠다는 뜻이오?"

"아니오. 내 손으로 그놈을 죽여 버리겠소."

"정말이오?"

호리는 눈을 약간 크게 떴다. 친형이 친동생을 죽인다는 말에 약간 불신이 들었다.

그러자 혁련천풍은 더욱 힘주어 이를 악물었다.

"그런 놈은 동생도 무엇도 아니오. 세상의 해악일 뿐이오. 그런 놈이 숨을 쉬고 있으면 장차 얼마나 많은 무고한 사람들이 해를 입겠소? 그런 놈은 죽여 없애는 것이 천리(天理)요. 내 직접 놈의 목을 자를 것이오!"

그의 의지가 워낙 단호해서 터럭만큼도 거짓이라는 생각이 들지 않았다.

호리는 이제 자신의 신분을 밝혀야 할 때라고 생각했다. 그는 혁련천풍을 믿었다.

"내가 그녀의 사형이오."

그는 차분히 가라앉은 목소리로 중얼거렸다.

그러나 혁련천풍은 그의 말이 무슨 뜻인지 알아듣지 못한 것 같았다. 그만큼 그의 말은 충격적이었다.

"지금… 뭐라고 하셨소?"

호리는 얼음처럼 차디찬 표정으로 한 자 한 자 나직이, 그러나 힘주어 말했다.

"산동성 봉래현에서 혁련무성에게 납치된 사매 조연지를 찾으러 온 사형이 바로 나라는 말이오."

"……."

혁련천풍은 아무 말도 하지 못한 채 눈과 입을 크게 벌리고 호리를 올려다보았다.

호리는 입을 꾹 다물고 그를 지켜보았다. 그가 어쩌는지 한 번 보자는 생각이었다.

한참이 지나서야 혁련천풍의 부릅떠진 눈이 점차 정상으로 돌아갔다.

그러나 그는 누운 채 처음에는 몸을 가늘게, 그러나 점차 세차게 떨어댔다.

이어서 와들와들 떨며 힘겹게 몸을 일으켰다.

호리는 묵묵히 그를 지켜보기만 했다.

혁련천풍은 온몸이 조각조각 찢어지는 고통을 참으면서

몸을 일으킨 후에 침상에서 내려왔다.

툭… 툭…….

가슴과 옆구리의 겨우 봉합해 놓은 상처가 터져서 샘물처럼 피가 솟구쳤지만 그는 행동을 멈추지 않았다.

쿵!

그는 의자에 앉아 있는 호리 발 앞에 허물어지듯이 무릎을 꿇었다.

"크흐흑! 나를 죽여주시오……!"

그는 이마를 바닥에 거세게 찧으면서 흐느껴 울었다.

"아우를 제대로 가르치지 못한 내 죄가 크오! 무림의 법은 죄를 지은 자의 형제가 대신 벌을 받는 것이니… 호리 공은 부디 나를 죽여주시오……."

호리는 이마와 목의 힘줄이 불끈 솟아오르고 이를 악다문 채 혁련천풍을 지켜볼 뿐 아무 말도 하지 않았다.

혁련천풍은 고개를 들어 호리를 우러러보았다. 그의 이마가 깨져서 피가 낭자했고, 놀랍게도 두 눈에서 피눈물이 흘러나오고 있었다.

"크으으……. 호리 공, 나는 너무 괴롭소. 두 번씩이나 목숨을 구함받은 호리 공의 은혜를 갚지는 못할망정 은혜를 원수로 갚고 있으니……. 나는 이 황망함을 감당하기가 어렵소. 부디 나를 죽여서 이 괴로움을 덜어주고… 호리 공의 마음을 조금이나마 편하게 하시오……. 호리 공!"

몸부림치는 그의 온몸과 표정과 말에서 처절한 진심이 뚝뚝 묻어 나왔다.

그는 진심으로 괴로워하고 있었다.

진실로 그는 너무도 부끄럽고 죄스러워서 차라리 이대로 죽는 것이 편했다.

"호리 공……. 제발… 우왁!"

그는 죽여 달라고 안타깝게 애원하다가 어느 순간 검붉은 핏덩이를 왈칵 토해내고는 안색이 해쓱하게 변하면서 풀썩 쓰러져 그대로 혼절했다.

쓰러진 그의 몸이 푸들푸들 경련을 일으켰고, 입에서는 꾸역꾸역 핏물이 흘러나왔다.

그러는 와중에도 알아듣기 어려운 말을 헛소리처럼 중얼거리면서 두 팔을 허우적거렸다.

"으으……. 제발… 나를 죽… 여주… 시오… 미안… 하오……. 으으……."

그를 굽어보는 호리의 표정이 여러 차례 복잡하게 변했다.

격렬하던 혁련천풍의 떨림이 빠르게 잦아들었다. 중얼거림이 입속의 웅얼거림으로 변하더니 끝내 그마저도 멈추면서 몸의 경련도 멈추었다.

'위험하다!'

호리는 혁련천풍의 몸이 축 늘어지는 것을 발견하고 벌떡 일어섰다.

어째서 위험한 것인지는 모르지만, 그가 잘못되고 있음을 본능적으로 간파했다.

호리는 막연하게 그를 살려야겠다고 생각했다. 동생의 죄를 형이 대신 갚으라고 할 정도로 호리는 막무가내인 사람이 아니었다.

더구나 혁련천풍은 방금 전까지 자신의 진심을 더 이상 처절할 수 없는 방법으로 생생하게 보여주지 않았는가.

하지만 호리는 어떻게 해야 혁련천풍을 구할 수 있는지 방법을 알지 못했다.

그는 약초 제조나 채취에 대해서는 잘 알지만, 내상이나 심상(心傷)에 대해서는 문외한이나 다름이 없었다.

그때 실내로 가려가 들어서다가 혁련천풍을 발견하고 즉시 호리 곁으로 다가와 물었다.

"이자를 어떻게 할 생각인가요?"

"살려야지."

호리는 생각할 것도 없다는 듯 대답했다.

"그렇다면 침상에 눕히세요."

호리가 혁련천풍을 안아 침상에 눕히자 가려는 그의 곁에 바짝 붙어 서서 지시했다.

"이제부터 제가 시키는 대로 이 사람에게 행하세요. 먼저 공력을 끌어올려 운기하세요."

그녀는 자신이 직접 할 수 있는데도 그러지 않았다. 외간남자와 접촉하는 것을 극도로 싫어하기 때문이었다.

호리는 그녀가 시키는 대로 따랐다.

"촌관척(寸關尺:맥문)을 잡고 반 갑자의 진기를 주입시키되, 제가 말해주는 구결에 따라야 해요."

이어서 가려는 봉황궁 특유의 내상 치유법의 구결을 빠르게 읊조리기 시작했다.

호리는 정신을 바짝 차리고 실수를 하지 않으려고 애쓰면서 그대로 실행했다.

사실 혁련천풍은 엄중한 내상을 입은 데다 극도의 정신적인 충격이 겹쳐서 주화입마에 빠진 것이었다.

현재의 가려는 백의경장만을 입고 있는 모습이었다. 호리 곁에 오래 머물게 될 것이라는 예측 때문이었다.

무림에 대해서 웬만큼 지식이 있는 사람이라면, 그녀의 복장만 봐도 봉황궁 단봉천기군 군주라는 신분을 즉시 알아차릴 수 있을 것이다.

다시 정신을 차린 혁련천풍은 기력이 극도로 쇠잔한 상태라서 침상에 누운 채 나를 무엇 때문에 살렸느냐고, 나 같은 것은 죽어야 한다고 울부짖지 않았다.

그는 그것이 무의미한 몸부림이며, 그렇게 해서는 혁련무성의 죄를 씻을 수 없다는 사실을 잘 알고 있었다.

그러나 그의 앞에는 또 한 차례의 충격적인 사실이 기다리고 있었다.

"혁련무성은 내 아버지를 죽였소."

겨우 정신을 차렸는가 싶은 혁련천풍은 호리의 조용한 말에 또다시 엄청난 충격을 받았다.

"그놈이… 호리 공의 아버지를…… 말이오?"

호리는 혁련천풍이 사실을 제대로 알기를 원했다. 그래서 사실을 있는 그대로 말해주고 있는 것이었다.

어차피 받을 충격이라면 한꺼번에 받는 것이 좋다. 또한 호리는 혁련천풍이 받을 충격까지 배려해 줄 정도로 자비로운 상태가 아니었다.

"사매의 아버지. 즉, 사부님께선 고아였던 어린 나를 데려다가 자식 이상으로 키워주셨소. 그리고 그분께선 나를 아들로 인정해 주셨소."

"……."

"그런데 아버지께서는 매일같이 딸을 돌려달라고 무황성 성문으로 찾아가셔서 항의도 하고 애원도 하셨소. 그런 아버지를 혁련무성은 황룡위를 시켜서 무참히 살해했소."

혁련천풍의 몸은 이미 떨리고 있었다. 그러나 처음처럼 격심하지는 않았다.

"방금… 황룡위가 호리 공의 선친을 살해했다고 하셨소?"

"그렇소. 아버지께선 낙양성 안 객잔에서 묵으셨는데, 그곳 주루 주인이 아버지께서 살해당하신 날 밤에 황룡위가 왔었다고 증언했소."

"음!"

호리의 목소리에 은은한 분노가 실렸다.

"무엇보다도 확실한 증거는, 아버지 미간에 새겨진 하나의 검흔이오. 당신 누이동생 혁련상예가 그것을 보고 '전광류'라는 검초식이라고 증언해 주었소."

"전광류라니……."

혁련천풍은 하늘이 무너지는 듯한 표정으로 중얼거렸다.

전광류는 무황성주 직계가족과 그들을 호위하는 무리의 우두머리들인 무황오룡위만이 연마할 수 있는 혁련가문의 독문성명검법이다.

혁련상예가 시신에 새겨진 검초식을 확인했다면 두말할 것도 없이 정확할 것이다.

혁련천풍은 참담한 표정으로 한동안 넋을 잃은 채 아무 말도 하지 못했다. 대저 지금과 같은 상황에서 자신이 무슨 말을 할 수가 있겠는가.

잠시의 침묵이 흐른 후 호리가 나직하게 말문을 열었다.

"나는 귀하에게 원한이 없소."

"호리 공……."

혁련천풍은 부르르 몸을 떨면서 호리를 바라보았다. 그리고는 그의 두 눈에 감동의 눈물이 고여들었다.

호리 옆에 서 있는 가려는 적잖이 놀라는 얼굴로 호리를 바라보았다.

 누군가에게 그리 골이 깊지 않은 원한을 품어도 그 집의 개조차 보고 싶지 않은 것이 사람의 감정이다.

 그런데 호리는 사매, 아니, 누이동생을 납치하고 아버지를 죽인 자의 친형을 용서하고 있는 것이다.

 그것은 누구라도 쉽사리 흉내를 낼 수 없는 일이다. 만약 그런 사람이 있다면, 그는 필시 바보 아니면 대인이 분명할 터이다.

 가려가 지켜본 호리는 결코 바보가 아니다. 그렇다면 그는 대인이다. 아니, 아직 대인은 아니더라도 대인의 풍모를 지니고 있는 것이 분명했다.

 그래서 가려는 호리를 새롭게 다시 보았다. 또한 아직까지 자신이 모르는 면이 많을 것이라고 생각하게 되었다.

 그때 문이 열리고 구사문의 세 두령인 왕사와 흑사, 예사가 들어와 호리에게 공손히 허리를 굽혔다.

 "다녀왔습니다, 대협."

 세 사람은 조연지의 행방이나 단서가 될 만한 것을 찾아보라는 호리의 명으로 구사문 수하들은 물론이고 끌어 모을 수 있는 인원을 모두 총동원하여 낙양성과 일대를 샅샅이 뒤지고 돌아오는 길이다.

 지금은 일단 중간보고를 하기 위해서 세 사람만 돌아왔고, 다른 사람들은 아직도 조연지에 대한 수색을 계속 진행하고 있는 중이다.

그 인원이 무려 천오백여 명에 달하니 구사문의 영향력을 가히 짐작할 수 있었다.

세 사람은 혁련천풍이 있는 것을 보더니 아무도 입을 열지 않았다.

그들은 호리가 혁련천풍과 다섯 명의 청룡위사를 구해왔다는 사실을 이미 알고 있었지만, 정작 무황성의 대공자인 혁련천풍을 지척에서 보게 되자 적잖이 긴장해서 입 안에 침이 바짝 말랐다.

"어떻게 되었느냐?"

호리가 조용한 어조로 입을 열자 세 사람은 힐끔힐끔 혁련천풍의 눈치를 살폈다. 그가 외부인이기 때문에 말하기를 경계하는 것이었다.

"괜찮으니까 말해봐라."

호리가 고개를 끄덕이며 종용하자 이윽고 삼두령 예사가 공손히 보고를 시작했다.

"결론만 말씀드리자면, 조 소저를 찾지 못했습니다."

조 소저란 조연지를 가리키는 것이다. 그녀를 쉽게 찾을 수 있을 것이라고는 생각하지 않았었지만 막상 그런 말을 듣자 호리의 얼굴에 엷은 실망의 기색이 떠올랐다.

예사의 보고가 이어졌다.

"낙양성 내와 일대를 이 잡듯이 뒤졌지만 조 소저를 찾지 못했습니다. 송구한 말씀이지만 시신도 못 찾았습니다."

호리는 구사문의 수색과 탐문하는 능력을 잘 알고 있다. 그들이 찾지 못했다면 조연지는 낙양성이나 인근에는 없는 것이 거의 분명하다.

그나마 한 가지 다행스러운 것은 조연지의 시신을 찾지 못했다니까 아직 죽지는 않았을 것이라는 가능성이 높아졌다는 사실이었다.

우락부락하고 급한 성격의 흑사가 괄괄한 목소리로 예사를 꾸짖었다.

"이놈! 셋째야, 대협께 그딴 답답한 것부터 말씀드리면 어떻게 하느냐? 냉큼 조 아가씨의 흔적을 찾았다는 말씀을 드리지 못하겠느냐?"

그는 호리가 상심하는 것을 더 이상 두고 볼 수가 없었던 것이다.

"흔적을 찾았다고?"

과연 호리의 귀가 번쩍 뜨이며 표정이 밝아졌다. 그러나 예사의 보고는 그다지 희망적인 것이 아니었다. 아니, 오히려 절망에 가까운 사실이었다.

"네, 대협. 소득이 있었습니다. 조 소저를 봤다는 목격자들을 다수 찾아냈습니다."

"그녀의 어떤 모습을 봤다고 하던가?"

묻는 호리의 목소리에 팽팽한 긴장이 진득하게 배어 있

었다.

예사는 혁련천풍을 힐끗 쳐다본 후에 입을 열었다.

"모두들 똑같은 대답이었습니다. 조 소저께서 무황성 청룡위사 두 명과 함께 변복을 하고 백성들 무리에 섞여 무황성에서 낙양성으로 가던 도중에 대로상에서 마황부 고수들에게 발각되어 두 명의 청룡위사는 주살되고, 조 소저께서는 마황부 고수들에 의해서 끌려갔다는 것입니다."

갑자기 호리는 가슴이 답답해졌다. 조연지가 마황부에 납치될 것이라고는 조금도 예상하지 못했던 일이다.

조연지는 무황성이라는 거대한 집단에 납치됐다가 다시 그보다 훨씬 더 큰 세력인 마황부에 납치되고 말았다.

만약 조연지가 천하 어딘가에 살아 있다면 온 힘을 기울여서 언젠가는 그녀를 찾아낼 수 있다는 한 가닥 희망이라도 품을 수 있을 것이다.

그렇지만 마황부에 납치됐다면 그것은 얘기가 전혀 다르다. 마황부는 말 그대로 마의 집단이다. 무황성과는 비교도 할 수 없을 만큼 거대한 집단이라서 무엇부터 어떻게 해야 하는지 엄두조차 나지 않았다.

그때 가려가 조심스럽게 방 밖으로 나갔다.

충격과 절망에 휩싸여 있는 호리는 그녀가 나가는 것을 알아차리지 못했으며, 혁련천풍과 왕사 등은 그다지 신경을 쓰지 않았다.

낙양성 남문 밖으로 나온 가려는 성문에서 곧게 뻗은 관도를 이백여 장쯤 걸어가다가 관도가 오른쪽으로 굽어지는 곳에서 길가 숲 속으로 슬쩍 들어갔다.

그곳에는 엉덩이를 덮는 붉은 봉황이 수놓아진 견폐를 걸치고 머리에는 붉은 옥으로 만든 작은 단봉 띠를 두른 이십삼사 세가량의 키가 큰 여자가 기다리고 있다가 가려를 발견하자 공손히 허리를 굽혔다.

"군주를 뵈옵니다."

"어떻게 됐느냐?"

가려는 호리가 있는 기루를 나오는 즉시 봉황궁에 비합전서를 띄워 조연지가 마황부 고수들에게 끌려갔다는 사실을 알려주었었다.

단봉천기군 부군주는 쇳소리처럼 카랑카랑한 목소리로 보고를 했다.

"궁주께 보고를 드렸더니 궁주께서 마황부주에게 조연지를 찾아내라는 요구를 하겠다고 말씀하셨습니다."

부군주는 가려가 무엇 때문에 단봉군주의 복장이 아닌 백의경장을 입고 있는지 궁금했으나 내색하지는 않았다.

"그래?"

가려의 얼굴에 자신도 모르게 안도의 표정이 떠올랐다.

부군주는 그런 가려를 좀 이상하다는 듯 쳐다보았다.

가려는 자신이 감정을 너무 쉽사리 드러냈음을 깨닫고 곧 딱딱한 얼굴로 고개를 끄덕였다.

"알았다. 상황이 진전되는 대로 즉시 내게 알려야 한다."

"알겠습니다."

가려는 부군주를 놔두고 숲에서 관도로 나와 주변을 돌아본 후 아무도 없음을 확인하고는 성문을 향해 관도를 따라 걷기 시작했다.

'잘됐어.'

부군주 때문에 잠시 감춰야 했던 안도의 표정이 다시 그녀의 얼굴에 떠올랐다.

조금 전보다 이번의 표정이 더 선명하고 짙었다. 또한 입가에는 환한 미소가 피어올랐다.

그렇지만 그녀는 자신이 그런 표정을 짓고 있다는 사실을 알지 못했다. 만약 그녀가 자신의 얼굴을 볼 수 있었다면 무척 놀랐을 것이다.

그녀는 궁주 호선의 신속하고 과단성 있는 대응에 적잖이 놀랐다.

호선이 마황부주 마랑군에게 조연지를 찾아달라고 직접 말할 줄은 예상하지 못했었다. 그것도 부탁이 아니라 요구를 했다는 것이 아닌가.

가려는 자신이 생각하고 있던 것보다 호선이 호리를 더 많이 생각하고 있다는 사실을 깨달았다.

'어쩌면 궁주께서 호리 그 사람을……?'
 사랑하고 있을지도 모른다는 생각이 퍼뜩 가려의 머리를 스쳤다.

第六十五章
중천보(中天堡)의 탄생

一擲賭者 乾坤

무황성이 멸문한 지 한 달이 지났다.

또한 조연지가 마황부에 납치된 지도 한 달이 지났다.

그 한 달 동안이 호리에게는 지옥에서 보내는 나날처럼 고통스러웠다.

조연지의 행방이나 흔적을 그 어디에서도 찾을 수가 없었기 때문이다.

한 달 동안 호리는 마황부의 고수들이 있는 곳이라면 어디라도 찾아다녔었다.

애초부터 되지도 않을 일이었지만, 그는 마황부 고수들을 붙잡고 조연지의 인상착의를 말하면서 그녀를 본 적이 있는

지를 물었다.

하지만 마황부 고수들의 반응은 즉각적인 공격이었다. 설사 알고 있다고 해도 그들이 고분고분 말해줄 것이라고 생각한 호리의 철저한 착각이었다.

결국은 호리와 마황부 고수들 간의 싸움으로 번졌으며, 백해무익한 싸움이기 때문에 호리는 될 수 있는 한 싸우지 않고 피하는 쪽을 선택했다.

호리에겐 조연지를 찾아낼 만한 특별한 방법이나 계획 같은 것이 있을 리가 없었다.

그는 무작정, 그리고 막연히 마황부 고수들의 주둔지를 찾아다녔지만 언제나 헛수고였다.

그 과정에서 한 가지 소득을 얻은 것이 있다면, 무황성 멸문 당시에 조연지를 끌고 간 자들이 마성군(魔星軍)이라는 사실을 알아낸 것이었다.

마황부는 마신전사와 마풍사로군 외에 마병과 정병이라는 정예고수들을 보유하고 있다.

마병은 이만 오천 명으로 구성되어 있으며, 삼마군(三魔軍)이라는 본래의 이름을 갖고 있는데 마성군, 마혈군(魔血軍), 마도군(魔道軍)으로 나뉜다.

정병은 일만 오천 명으로써 마황부의 최하위 집단을 구성하고 있으며, 철로정병(鐵路精兵)이라 통칭되고, 천 명씩 이십오 대(隊)가 있다.

삼마군은 각 군이 팔천삼백여 명씩 도합 이만 오천 명이다. 그러므로 호리는 여태까지 사만 명을 훨씬 웃도는 마황부 전체를 조사하는 것에서, 팔천삼백여 명의 마성군을 조사하는 것으로 범위가 크게 좁아졌다.

그렇기는 해도 바늘 하나를 찾는 장소가 바닷가 백사장에서 강가 백사장으로 옮겨졌다는 차이일 뿐이지 막막하기는 매한가지였다.

마성군이 붉은 상의에 회색 겉옷을 입고 있다는 사실만을 겨우 알고 있는 상황에서, 그들 팔천삼백여 명이 어디에 어떻게 흩어져 있는지 알고 찾아낸다는 말인가.

더구나 그들이 아직까지 조연지를 데리고 있을 것이라는 보장도 없는 상황이다.

그러나 호리는 조연지를, 아니, 마성군을 찾는 일을 하루도 거르지 않았다.

그에게 유일한 위로가 있다면, 구사문이라는 걸출한 하오문을 수하로 두고 있다는 사실이었다.

구사문은 전 수하들과 그 하부 조직들을 총동원하여 마성군을 찾아내어 위치를 호리에게 알려주면, 그는 그곳이 아무리 먼 곳이고, 설혹 자신이 극도로 지쳐 있는 상황이라고 해도 마다하지 않고 즉시 달려갔다.

그러나 의욕이 넘치는 것에 비해서 결과는 늘 허탕이었다.

한 달이 지났을 무렵, 호리는 '어쩌면 연지를 찾지 못할 수도 있다'라고 처음으로 불안한 마음이 들었다.

한 달 동안 봉황궁 단봉천기군 부군주와 수하들이 부지런히 단봉군주인 가려에게 다녀갔다.
그러나 그녀들이 전해준 소식은 내용이 조금씩 다를 뿐이지 결론은 똑같았다.
아직 조연지를 찾아내지 못했다는 것이었다.
처음에 가려는 길어야 사나흘 안에 조연지를 찾아낼 수 있을 것이라고 낙관했었다.
호선이 마황부주인 마랑군에게 직접 조연지를 찾아달라고 요구했기 때문에 그다지 어려운 일이라고는, 또 이렇게 오랫동안 찾지 못할 것이라고도 예상하지 못했다.
단봉천기군 부군주의 보고에 의하면, 마랑군의 명령으로 마황부 전체가 혈안이 되어 조연지를 찾고 있는 데에도 그녀의 행방이 묘연하다는 것이었다.
그래서 호선은 오히려 가려에게 조연지가 마황부 고수들에게 끌려간 것이 분명하냐고 물어올 정도였다.
가려는 조연지가 끌려가는 것을 봤다는 목격자들을 일일이 찾아다니면서 그들의 말을 직접 귀로 듣고 확인한 연후에 틀림없는 사실이라고 호선에게 비합전서를 보냈었다.
가려는 자신이 호선에게 연락을 취하여 조연지를 찾고 있다는 사실을 석 달이 지난 지금까지도 호리에게는 일체 말하지 않고 있었다.

그 사실을 말한다면 자신과 호선이 봉황궁 사람이라는 것도 말을 해야 하기 때문이었다.

그래서 호리는 호리대로, 가려는 가려대로 조연지를 찾아야 하는 공통의 목적을 갖고 각기 다른 방법을 시도하면서 까맣게 속을 태우고 있었다.

     *   *   *

봉황궁과 마황부의 지휘부는 개봉성에 주둔하고 있었다.

마랑군은 승전의 기분도 누릴 겸 무황성이 있었던 낙양성에 머물고 싶었지만 호선, 아니, 사도빙이 극구 반대했다.

물론 그녀는 반대하는 이유조차 말하지 않았다.

호탕한 마랑군은 고집을 부리지 않고 선선히 그녀의 요구를 들어주어 봉황궁과 마황부의 지휘부를 개봉성으로 옮겨 주둔시켰다.

봉황궁과 마황부는 결코 천하제패를 서두르지 않았다.

지난 한 달 동안 두 방파는 하남성에 패자였다가 멸문한 무황성과 선황파의 잔당을 소탕하는 한편, 그들이 소유하고 있던 모든 재산과 재물, 운영하던 수많은 점포들을 고스란히 장악했다.

그로써 무황성과 선황파는 모든 기반을 깡그리 잃었다.

그것은 다시는 재기할 수 없다는 것을 의미하는 것이다. 두 방파가 재기하려면 우선 고수들이 있어야 하지만, 그것만큼 중요한 것이 그 뒤를 든든하게 받쳐 주는 풍족한 물자의 공급이다.

전쟁을 하는 데에 엄청난 물자가 필요하듯이, 고수들을 모아 세력을 키우고 잃어버린 영역을 되찾으려면 당연히 물자가 필요하다.

봉황궁과 마황부는 짓밟은 두 방파의 기반마저 강탈하여 발본색원함으로써 그들이 재기의 꿈조차 꿀 수 없도록 만들어 버렸다.

봉황궁은 대대로 운영해 오고 있는 가업을 소유하고 있다. 세상에는 거의 알려져 있지 않은 사실이지만, 천하 각 지역의 내로라하는 굵직굵직한 전장(錢場)과 표국(鏢局)들이 거의 봉황궁의 소유다.

천하무림에 잘 알려져 있다시피 마황부는 천하 상계의 삼분의 일을 거머쥐고 있는 창운단(蒼雲團)이라는 거대 상단을 거느리고 있다.

그런데다가 무황성과 선황파의 사업들까지 모조리 장악했으니, 무력(武力)으로나 재력(財力)으로 무소불위의 힘을 지니게 되었다.

아니 할 말로, 봉황궁과 마황부가 돈줄을 틀어쥐거나 지니고 있는 물건을 풀어놓지 않을 경우, 중원의 상계가 순식간에 전면 마비되고 말 것이다.

무림에서는 천하제패를 주도하고 있는 두 방파의 최고 우두머리인 봉황궁주 사도빙과 마황부주 마랑군이 오래지 않아서 혼인을 할 것이라는 소문이 공공연하게 나돌았으며, 사실로 굳어지고 있었다.

그 시기는 무림오황의 마지막 하나 남은 검황루가 멸문하는 날이 될 것이라고, 혼인하는 날까지 실제인 것처럼 가담항설(街談巷說)되어 나돌았다.

전력을 재정비한 봉황궁과 마황부의 고수 수만 명은 서둘지 않고 느릿하게 검황루가 있는 절강성을 향해 거대한 물결처럼 이동하고 있었다.

　　　　*　　　　*　　　　*

봉황궁과 마황부의 천하제패라는 실로 거대한 사건하고는 비교할 바가 되지 않는 작은 소문 하나가 무림 일각에서 나돌고 있었다.

―참마검객이라는 인물이 마황부를 상대하여 단신으로 고군분투하고 있다.

현재 무림 각지에서 마황부와 봉황궁에게 대적하는 방, 문파는 다수 있으나 그들의 저항은 산발적이면서도 미미한 수준이고, 그것에 따른 성과는 전무한 형편이다. 즉, 싸우기만 하면 무조건 패하는 '백전백패' 라는 것이다.

그러나 참마검객은 일개인이면서도 마황부와 싸워서 이기고 있는 유일한 인물이었다.

그것은 마치 천하무림에서 오직 참마검객 한 명만이 마황부에 대적하는 듯한 인상을 강하게 풍겼다.

사실 참마검객이 마황부에 입히고 있는 피해는 마황부 전체로 볼 때에는 극히 미미한 것이다.

또한 그는 이상하게도 마황부가 보유하고 있는 마신전사와 마풍사로군, 삼마군, 철로정병 중에서 오직 삼마군의 마성군만을 공격하고 있었다.

그렇지만 무림인들은 그런 사실을 그다지 중요하게 여기지 않았다.

중요한 것은, 참마검객이 혼자서 지난 석 달 사이에 무려 마성군과 사십칠 회를 싸워서 사십칠 회 전승을 했다는 믿기 힘든 사실이었다.

그로 인해 마성군 고수, 즉 마성 고수가 도합 팔백여 명이 참마검객에게 죽었다.

마황부 전체 고수 사만 사천여 명 중에서 팔백여 명의 죽음은 그다지 큰 피해라고는 볼 수가 없다.

하지만 마황부와 무림은 그것을 결코 '작은 일' 이라고 치부하지 않았다.

아무리 큰 장작더미라고 해도 그것이 큰 불이 되기 전에는 아주 작은 불로부터 시작된다.

촛불 하나가 꺼진 상태로 있으면 어둡지만, 불이 켜지면 온 방을 밝히는 법이다.

모름지기 제아무리 거대한 것이라고 해도 최초의 시작은 미미하다는 진리인 것이다.

무림도, 마황부도, 참마검객의 행동이 큰 장작더미를 활활 불타게 만드는 작은 불씨가 되고, 꺼져 있는 촛불을 밝히는 화섭자가 될지도 모른다고 바짝 긴장하고 있었다.

아니, 중원 무림이라는 거대한 장작더미는 이미 들썩거리기 시작했다. 누군가 거기에 불을 지펴주기만을 기다리고 있는 것이다.

물론 그 불씨는 참마검객이다.

반대로 마황부는 불씨를 없애기 위해서 참마검객을 찾아내려고 혈안이 되었다.

제궤의혈(堤潰蟻穴).

거대한 제방도 조그만 개미구멍 때문에 무너진다고 했다.

마황부로서는 참마검객이라는 개미 한 마리 때문에 마황부와 봉황궁이 거의 이룩하려는 단계에 있는 천하제패라는 제방이 붕괴되는 것을 무슨 수를 써서라도 막아야만 한다.

반대로, 중원 무림은 참마검객으로 인해서 그 제방이 무너지기를 갈망하고 있었다.

                    *   *   *

 한 척의 날렵한 모양의 배가 황하 하류를 향해 빠른 속도로 질주하고 있다.
 다름 아닌 호리궁이었다.
 네 개의 돛을 활짝 펼친 호리궁은 거의 준마가 달리는 속도를 내고 있었다.
 두 번째 호리궁이 건조된 지 어느덧 반년이 흘러 배 전체에는 세월의 더께가 여기저기 진득하게 배어 있었다.
 호리궁의 선실에서는 청의경장 차림의 낯선 장한 한 명이 배를 몰고 있었다.
 그는 구사문의 수하로 원래 구사문의 물건을 실어 나르던 배를 몰았으며 물에서 잔뼈가 굵은 사내였는데, 은초가 차출하여 호리궁을 몰게 하였다.
 은초는 배를 능숙하게 다룰 줄 알고 물길에 대해서 잘 아는 뱃사람뿐만 아니라 근골이 뛰어난 구사문 수하들을 도합 백여 명 정도 선발하여 데리고 다니는데, 그들은 호리궁 뒤를 따르는 네 척의 배에서 나누어 생활하고 있었다.
 그 배들은 모두 호리궁보다 두 배 정도 크고 같은 크기의 다른 배에 비해서 두 배 정도 빠르다. 하지만 호리궁의 속도에는 절반에도 못 미치는 수준이었다.

그래서 호리궁이 목적지에 먼저 도착한 후에 그 배들이 나중에 도착하여 합류하곤 했다.

뒤따르는 배들은 일종의 보급선이며 움직이는 숙소 역할을 하고 있었다.

호리궁에서 필요로 하는 물자는 모두 그 배들이 구입하여 조달했으며, 그 배에 타고 있는 백여 명이 호리의 손발이 되어 일사불란하게 명령을 수행하고 있었다.

호리궁에서는 호리와 은초, 철웅, 가려, 혁련상예, 혁련천풍 여섯 명이 생활하고 있으며, 배를 모는 수하는 호리궁이 목적지에 정박하면 즉시 자신의 배로 돌아간다.

가려는 낙양성에서 호리에게 찾아온 이후 지금까지 석 달 동안 줄곧 함께 생활해 오고 있다.

그녀는 호리 곁에 남아서 끝까지 그를 호위하라는 호선의 명을 수행하고 있는 중이었다.

호리는 낙양성의 기루에서 혁련천풍을 용서한 이후, 그를 호리궁에 있던 혁련상예와 만나게 해주었다. 그렇게 하지 않을 이유가 없었던 것이다.

무황성이 마황부와 봉황궁의 연합 세력에 멸문한 후 졸지에 자신들만 살아남게 된 혁련천풍 남매는 호리 곁을 떠나지 않고 기꺼이 그를 돕겠다고 맹세했다.

그리고 남매는 실제로 지난 석 달 동안 온몸을 다 바쳐서 헌신적으로 활동을 해왔다.

두 사람은 언감생심 무황성을 부활하겠다는 것은 꿈조차 꾸지 않았다.

다만 호리에게 구명지은을 입은 은혜를 갚는 한편, 혁련무성이 저지른 조연지에 대한 죄의 용서를 대신 빌며 마황부에 작으나마 복수를 하는 길이라고 여겨 그에게 견마지로를 다하고 있는 것이었다.

은초와 철웅은 호리궁을 모는 일이나 식사를 준비하는 일, 호리의 심부름을 하는 일 등에서 완전히 자유로워진 지난 석 달 전부터 거의 매일, 그리고 하루 종일 실성한 사람처럼 무공 수련에만 매달렸었다.

지난 사십칠 회 동안 마황부 마성군을 공격하는 일은 오직 호리 혼자 행동한 일이었다.

혁련천풍 남매는 자신들도 호리와 함께 행동하기를 간절히 원했지만 번번이 거절당했었다.

호리는 이유를 말해주지 않았지만, 남매는 자신들의 무공이 호리에 비해서 턱없이 약하기 때문이라는 사실을 너무도 잘 알고 있었다.

가려는 음양으로 호리를 돕는 방법을 선택하여 그저 묵묵히 자신의 일을 해왔었다.

호선은 가려에게 모든 일들을 그때그때 알아서 결정하여 행동하라는 명령을 내렸었다.

그러나 가려는 혹여 자신이 호리와 함께 마성군을 공격하는 것이 봉황궁의 천하제패에 걸림돌로 작용하게 될까 봐 전전긍긍하고 있을 따름이었다.

호리는 호리궁의 선수 부분이 황하의 싯누런 물살을 가르고 있는 위쪽 갑판에 팔짱을 낀 채 장승처럼 우뚝 서서 이미 반 시진 전부터 허공을 응시하고 있는 중이었다.
어제까지만 해도 호리궁은 산동성 동아현(東阿縣) 포구에 정박해 있었다.
물론 동아현에서 하룻밤을 지내고 있는 마성군에 호리가 잠입하는 것이 목적이었다.
그것이 호리 혼자서 마성군을 단독으로 공격을 한 사십팔 회째로 기록됐다.
물론 호리의 목적은 마성군의 주둔지에 몰래 잠입하여 조연지를 찾아내거나 행방, 흔적 따위 등 그녀가 어디에 있는지 밝혀낼 만한 단서가 될 수 있는 것이라면 무엇이든 가리지 않고 알아내는 것이었다.
만약 무림이나 중원에서 조연지라는 한 소녀가 차지하고 있는 영향력이나 비중이 매우 컸다면, 아니, 어느 정도라도 된다면 그녀를 찾아낼 수 있는 방법이 지금보다는 훨씬 더 많아졌을 것이다.
그러나 그녀는 산동성 봉래현 작은 마을에서 평범하게 살고 있다가 혁련무성에게 납치된 이후 석 달 이상 줄곧 낭원에만 감금되어 있던 일개 시골 소녀에 불과하다.

그러므로 그녀는 천하와 무림에 추호도 알려지지 않은 존재인 것이다.

마황성 마성 고수들이 그녀를 끌고 갔더라도 오래지 않아서 그녀가 별로 중요한 인물이 아니라는 사실을 알아냈을 것이 분명하다.

그렇지 않다면 호리가 지금껏 사십팔 차례나 마성군과 충돌하게 됐을 때, 조연지의 행방에 대해서 그토록 큰 소리로 떠들었는데도 불구하고 마황부 자체 내에서 아직도 조연지를 찾아내지 못하고 있으며, 그 일을 그다지 비중있게 다루지 않고 있다는 것은 무엇을 의미하고 있는 것인가.

조연지는 이미 마황부 내에 없던가, 마황부 지휘부에서도 알아내지 못할 만큼 마성 고수들에 의해서 깊숙이 은폐되어 있을 가능성이 높다는 뜻이다.

전자일 경우에는 그나마 다행스러운 일이다. 조연지가 무사하다는 의미여서 언젠가는 찾아낼 수 있는 가능성이 크다고 할 수 있기 때문이다.

그렇지만 후자일 경우에는 매우 심각한 상황이다.

마성 고수들이 쓸모없게 된 조연지를 강제로 겁탈한 후에 사건을 은폐하기 위해 그녀를 죽여서 시신을 소각, 매장했을 수도 있다는 극단적인 가정을 세울 수가 있는 것이다.

호리는 조연지가 후자의 경우에 해당할 가능성이 더 크다는 사실을 아무리 부인하려고 해도 머릿속에서 떨쳐 버릴 수가 없었다.

그것이 아니라면 지금껏 그녀에 대한 터럭만한 흔적조차 찾아내지 못할 리가 없는 것이다.

허공을 응시하는 호리의 눈이 젖어들었다.

'연지야······.'

이상한 일이었다. 그는 언제부턴가 연지의 얼굴을 떠올리지 못하고 있었다.

그녀가 어떻게 생겼었는지 아무리 기를 쓰고 기억해 내려 애를 써도 도무지 모습이 떠오르지 않았다. 실로 말도 되지 않는 일이었지만 현실은 너무도 냉정했다.

그러다가는 결국 한 소녀의 얼굴이 아지랑이처럼 떠올라 차츰 선명해지는데, 놀랍게도 그것은 조연지가 아니라 호선의 모습이었다.

장장 십 년 동안 오누이처럼 함께 살아온 조연지의 모습 대신에 불과 석 달간 함께 지낸 호선의 모습이 떠오르다니 놀랍고도 믿어지지 않는 일이었다.

그럴 때면 그는 호선에 대한 새로운 그리움 때문에 가슴속이 마른 낙엽더미에 불을 붙인 것처럼 새빨갛게, 그리고 뜨겁게 타 들어가곤 했다.

조연지를 염려하다가 호선을 그리워하는 감정으로 자연스

럽게 넘어가는 것이었다.

하지만 그는 조연지와 호선에 대한 자신의 감정을 결코 혼동하지는 않는다.

조연지에게는 책임감과 의무감, 사명감 같은 감정이고, 호선에게는 그리움과 보고픔이 있었다.

말하자면 그는 호선과 떨어져 있는 동안에, 아니, 그녀와 함께 생활할 때부터 사랑하고 있었다는 사실을 절감하게 된 것이었다.

그렇지만 그는 호선에 대한 그리움은 인내할 수 있었다. 그녀는 기억을 되찾은 데다 또 강하기 때문에 그다지 염려하지 않아도 된다.

더구나 그녀의 친구인 가려가 항상 자신의 옆에 머물고 있으므로, 그녀를 통해서 언젠가는 호선을 만날 수 있을 것이라는 보장이 있는 것이다.

그래서 조연지에 대한 책임과 의무가 더 간절했다.

"호리야, 잠깐 내려와 볼래?"

그때 선실에서 나온 은초가 조심스럽게 호리를 불렀다. 사실 은초는 이미 이각 전에 호리를 부르러 왔다가 심각한 모습으로 허공을 응시하며 서 있는 그를 차마 부르지 못해서 여태껏 기다리고 있었다.

호리는 은초를 돌아보고 나서 머리를 가볍게 흔들어 조연지에 대한 생각을 떨쳐 버리려고 애쓰며 걸음을 옮겨 선실로 들어갔다.

"어떻게 생각해?"
은초가 긴 설명을 끝내고 탁자의 맞은편에 꼿꼿한 자세로 앉아 있는 호리를 쳐다보았다.
호리는 가볍게 고개를 끄덕였다.
"좋을 대로 해."
현재의 그는 조연지를 찾는 일 외에는 어느 것에도 관심을 갖고 있지 않았다.
은초는 방금 전에 마친 긴 설명에서 많은 내용의 말들을 했지만, 결론은 하나였다.
즉, 이제 방파를 제대로 한번 만들어보자는 것이었다.
그 얘기는 석 달 전에 한 차례 잠시 거론된 적이 있었다.
호리의 꿈이 무도관을 차려 사부와 사매, 아니, 아버지와 여동생과 함께 단란하게 사는 것이었는데, 조항유가 살해됨으로써 불가능하게 되었다.
그래서 은초가 무도관 대신 방파를 하나 만들자고 제안을 했었고, 그즈음에 구사문의 세 두령이 무림인이 되고 싶다면서 호리의 수하가 되기를 자청하면서 자신들의 하오문을 서슴없이 헌납했었다.
그러던 것이 지난 석 달 동안 조연지 일 때문에 입 밖에 꺼낼 엄두도 내지 못하고 있다가 이제야 은초에 의해서 다시 조심스럽게 부활한 것이다.

 사실 은초와 철웅, 구사문의 세 두령은 무림방파를 하나 개파하는 것에 대해서 그동안 꾸준히, 그리고 구체적으로 상의를 해왔었으며, 그 결과 현재 밑그림은 거의 완벽하게 그려져 있는 상황이었다.

 호리의 허락만 떨어지면 조만간 무림에 새로운 방파 하나가 탄생하는 것이다.

 그런데 마침내 호리의 허락이 떨어졌다. 탁자 둘레에 앉아 있는 은초와 철웅, 그리고 서 있는 왕사 등 세 두령의 얼굴에 기쁜 표정이 가득 떠올랐다.

 그때부터 대화는 일사불란하게 진행됐다.

 "호리, 네가 보주(堡主)다."

 은초의 말에 호리의 눈살이 슬쩍 찌푸려졌다.

 그러나 은초는 틈을 주지 않고 빠른 어조로 말을 이었다.

 "내가 우보주(右堡主)고, 철웅이 좌보주(左堡主)다."

 호리가 귀찮다는 얼굴로 막 입을 열려고 하는데 그의 뒤에 서 있던 가려가 입을 열었다.

 "잘됐군요. 방파를 개파하여 호리 당신이 보주가 된다면, 이제부터 무림각파의 수장(首長)들과 동등한 신분이 되므로 그들에게 조 소저를 함께 찾아달라고 공식적인 협조를 요청할 수도 있을 거예요."

 그 말에 호리는 열려던 입을 다물었다. 듣기에도 가려의 말이 이치에 타당했기 때문이었다.

호리는 지금 조연지를 찾기 위해서라면 수단과 방법을 가리지 않는 상황이므로 가려의 언질은 매우 시기적절했고, 또 고무적이었다.

은초와 철웅 등은 가려를 쳐다보며 슬쩍 고맙다는 눈짓을 보냈고, 그녀는 엷은 미소로써 답했다.

사실 가려는 호리가 일파의 지존이 되는 것에 찬성하는 입장이었다.

일파지존이 되면 조연지를 찾는 데에도 도움이 될뿐더러, 어차피 무림계에 뛰어든 호리가 장차 무림의 일각에 튼튼한 기반을 차지하게 될 것이므로 좋았고, 끝으로 만약 호리와 호선이 잘되어 혼인이라도 하게 된다면, 일파지존이라는 호리의 신분이 봉황궁주인 호선의 지위에 크게 누가 되지 않을 것이기 때문이다.

"혁련 형, 우릴 도와주겠소?"

은초는 좌측에 나란히 서 있는 혁련천풍과 혁련상예 남매를 쳐다보았다.

그의 말에 남매는 움찔 놀라는 표정을 지었다. 무언가 뇌리를 스치는 것이 있었기 때문이다.

"두 분이 본 보를 이끌어준다면 천군만마를 얻은 것이나 다름이 없을 것이오."

지난 석 달 동안 은초와 철웅은 혁련천풍 남매와도 많이 친해져서 거의 허물없이 지내는 사이가 되었다.

그런 데에는 혁련천풍이 격의없이 행동을 해서 무식한 은초와 철웅을 많이 포용해 준 덕이 컸다.

은초와 철웅. 아니, 구사문의 세 두령들까지도 혁련천풍이 학식뿐만 아니라 무림 경험과 방파의 관리 능력 등은 물론 인덕과 지혜마저 두루 갖추어서 새로 개파할 방파의 제갈량이 되기에 넘치는 인재라고 여기고 있었다.

혁련천풍 남매는 반사적으로 호리를 쳐다보았다.

호리는 가볍게 고개를 끄덕였다.

"혁련 형이 많이 도와주시오."

순간 혁련천풍 남매의 얼굴에 환한 기쁨의 표정이 가득 떠올랐다.

사실 두 사람은 호리를 제외한 모든 사람들이 공공연하게 새로운 방파를 개파하려고 의논하는 광경을 많이 봐왔고, 그때마다 자신들이 제외되고 있다는 사실 때문에 짙은 소외감 같은 것을 느껴왔었다.

그런데 느닷없이 새 방파 개파에 참여해 달라는 부탁을 받았으니 어찌 기쁘지 않겠는가.

무림오황의 하나인 무황성의 대공자와 삼소성주였던 그들 남매가 구성원의 대부분이 하오문 출신으로 이루어진 새 방파의 일원이 된다는 사실이 만약 무림에 알려진다면, 모두 혀를 차며 개탄할 일이 분명할 터이다.

하지만 정작 당사자인 혁련천풍 남매는 무림의 시각보다는 작금의 현실을 더 중요하게 여겼다.

두 사람은 그렇게 해서라도 호리 곁에 남아서 그를 위해 헌신하고 싶은 것이다.

혁련천풍은 허리를 곧게 펴고 엄숙한 표정으로 포권을 하며 우렁우렁한 목소리로 입을 열었다.

"우리 남매를 위해 신경을 써주시는 여러분에게 뭐라고 말할 수 없을 만큼 감사를 드리오. 우리는 지금 이 순간부터 호리 공과 새로운 방파를 위해 목숨을 바칠 것을 맹세하겠소."

나란히 선 혁련상예도 함께 포권을 했는데 얼굴에는 새로운 결의가 역력하게 떠올라 있었다.

은초가 호리의 허락을 구했다.

"보주, 이들 두 분을 본 보의 좌우호법(左右護法)으로 모셨으면 하는데 어떻겠소?"

어느새 그의 말투부터 달라져 있었다.

혁련천풍 남매는 새로운 방파에 자신들을 영입하려는 것이 지금 이 자리에서의 즉흥적인 결정이 아니라 은초 등이 오래전부터 상의해 온 결과라는 사실을 알게 되었다.

호리는 혁련천풍 남매를 보면서 옅은 미소를 지었다.

"잘 부탁하오."

그러자 두 사람은 호리를 향해 즉시 포권을 하며 깊숙이 허리를 굽혔다.

"저희의 목숨을 보주께 맡기겠습니다!"

호리도 일어나서 마주 포권을 하고는 다시 자리에 앉았다.

그때 가려가 은초에게 물었다.

"그런데 방파명이 무엇인가요?"

사실 그녀는 호리궁 내에서 은초와 철웅 등이 대화를 나누는 내용을 상세하게 알고 있었다.

그들이 아무리 속삭인다고 해도 그녀의 이목을 벗어날 수는 없는 것이다.

다만 그녀는 지금 이 자리를 빌어서 공식적으로 방파명을 모두에게 확인시켜 줄 필요가 있다고 느낀 것이다.

은초는 기다렸다는 듯이 꼿꼿한 자세로 어깨를 활짝 펴고 웅혼하고도 나직이 외치듯 말했다.

"중천보(中天堡)라고 하오! 하늘의 한복판, 즉 우리의 방파가 무림 한가운데에 우뚝 서자는 뜻이오! 참고로 알아둬야 할 것은, 흠! 방파명은 내가 지었다는 사실이오!"

그는 방파명을 자신이 지었다는 대목에 유달리 힘을 주면서 의기양양한 표정을 지었다.

호리와 가려를 제외한 모두의 얼굴에 자못 기대와 희망이 넘쳐흘렀다.

은초는 그동안 철웅, 왕사 등과 상의했던 바를 구체적으로 술술 풀어놓기 시작했다.

구사문주였던 왕사는 총당주(總堂主). 그 아래에 흑사와 예사가 각기 제 일당과 이당의 당주로 임명되었고, 휘하에 오십 명씩의 수하를 두기로 했다.

수하 백 명은 호리궁을 항상 뒤따르고 있는 네 척의 배에 분승해 있는 구사문에서 엄선한 자들이었다.

중천보의 모든 직제에 대한 발표는 은초가 도맡아서 일사 불란하게 발표되었다.

설명이 모두 끝난 후 그는 치솟는 흥분을 가라앉히려고 애쓰면서 호리를 쳐다보았다.

모두들 그의 태도와 표정에서 곧 중요한 발표가 있을 것이라는 사실을 예감했다.

"보주, 중천보를 어디에 세웠으면 좋겠소?"

그는 이미 계획이 있지만 일단 호리의 의견을 물었다.

"글쎄……."

이번에 평도현(平塗縣)에 도착하면 마성군을 어떻게 상대할 것인지에 대해서 깊이 골몰하고 있던 호리는 그저 건성으로 대꾸했다.

그러나 은초의 다음 말에 그는 정신이 번쩍 났다.

"내 생각으로는 우리 중천보를 산동성 봉래현에서 개파했으면 하는데, 보주 생각은 어떠시오?"

"봉래현……."

호리는 적잖이 충격을 받은 듯 얼굴이 크게 변하면서 나직이 중얼거렸다.

산동성 봉래현은 그와 조항유 가족이 함께 몸을 부대끼면서 생활했던 뜻 깊은 고장이다.

천애고아로 전전하다가 다섯 살 때 조항유에게 거두어져서 그의 친자식처럼 생활했던 그에게는 봉래현이 고향이나 다름이 없는 곳이었다.

호리가 아스라한 표정으로 과거를 회상하면서 기억을 더듬고 있는 동안 모두들 침묵을 지켜주었다.

호리가 왜 지금과 같은 반응을 보이는지 모르는 사람은 아무도 없었다.

혁련천풍 남매와 가려, 구사문의 세 두령까지도 그동안 함께 생활하면서 그에 대해서 자세히 알게 되었기 때문이다.

"어… 어때, 보주?"

아직 호리에 대한 존대가 어색한 철웅이 잔뜩 기대하는 표정으로 그를 보면서 더듬거렸다.

철웅의 말에 호리는 상념에서 깨어나 참으로 오랜만에 풋풋한 표정을 지으면서 은초와 철웅을 쳐다보았다.

"고맙다."

그 말에 은초와 철웅은 동시에 코끝이 찡해졌다. 그리고 중천보를 산동성 봉래현에 세우기로 한 것이 정말 잘한 결정이었다고 새삼 느꼈다.

"고… 맙기는 뭐가… 키힝!"

덩치만 컸지 마음은 한없이 여린 철웅이 결국 솥뚜껑만 한 주먹으로 눈두덩이를 훔치며 훌쩍거렸다.

그러나 아무도 그를 흉보는 사람은 없었다. 모두들 마음속으로는 철웅처럼 잔잔한 감동의 눈물을 흘리고 있었으므로.

"두 분."

그때 호리가 혁련천풍 남매를 보면서 입을 열었다.

"하명하십시오, 보주."

그 광경을 보면서 은초와 철웅은 '아하! 이럴 때는 하명하십시오, 라고 하는구나' 라는 깨달음의 표정을 지었다.

호리는 정중한 태도를 취했다.

"두 분이 괜찮다면 나는 가려를 총호법에 임명하고 싶소."

순간 가려는 깜짝 놀라서 하마터면 입 밖으로 낮은 외침을 터뜨릴 뻔했다. 호리가 그런 말을 할 줄은 꿈에도 몰랐기 때문이었다.

사실 가려의 신분이 무엇인지 아는 사람은 아무도 없다. 다만 호선의 친구라고만 알고 있을 뿐이었다.

하지만 호리와 은초, 철웅에겐 그 사실만으로도 충분했다. 호선의 친구라면 호선과 같은 존재인 것이다. 더 이상 무엇을 바라겠는가.

그렇지만 혁련천풍 남매는 가려는 물론이고 호선이 누군지도 모르고 있다.

호리와 가려, 은초와 철웅이 나누는 대화 중에서 '호선'이라는 이름을 자주 들었으며, 그녀가 여자라는 사실. 그리고 그녀가 이들 모두에게 매우 중요한 사람이라는 정도만을 알고 있을 뿐이었다.

그 '호선'이 보낸 친구가 가려라고 했으며, 호리 이하 모두들 가려를 가족처럼 대하면서 전폭적인 지지를 아끼지 않는다는 사실도 잘 알고 있었다.

그렇다면 무엇이 문제겠는가. 혁련천풍은 호리에게 즉시 허리를 굽혔다.

"보주의 명을 받들겠습니다."

"호리, 나는 안 돼……."

"말 들어."

그때 가려가 거절하려는 것을 호리는 뒤도 돌아보지 않고 그녀의 말을 잘라 버렸다.

이즈음 호리는 가려에게 완전히 말을 놓고 있었고, 가려는 자신도 모르는 사이에 반말을 하다가, 또 어떨 때에는 존대를 하는 정도가 되어버렸다.

가려는 잠시 생각해 보았다. 호리 곁에서 그를 호위하라는 호선의 명령이 언제까지일지는 모르는 상황이었다.

호법이라는 지위는 보주를 최측근에서 호위하는 것이 임무다. 그러므로 차라리 총호법이라는 지위를 받아들이는 것도 좋지 않겠는가, 하고 생각했다.

다만 한 가지 아쉬운 것은 이제 겨우 호리에게 조금씩 말을 놓으며 친구처럼 지내게 되었는데, 앞으로 수직관계가 되면 그러지 못하게 된다는 사실이었다.

사실 그녀는 호리에게 의식적으로 슬쩍슬쩍 말을 놓기도 하고, 친구처럼 대해왔었던 것이다.

그 사실을 호선이 알면 불호령이 떨어지겠지만, 이상하게도 호리와 함께 있으면 자신도 모르게 '호리식'이 돼버리고 말았다. 그리고 그것이 무척이나 편하고 좋았다.

"다음 목적지는 평도현에 주둔하고 있는 마성군에 잠입하는 것인가요?"

좌중이 약간 술렁이고 있을 때 가려가 약간 엄숙한 어조로 입을 열자 모두들 조용해졌다.

그녀의 어조는 영락없는 총호법의 그것이어서, 호리를 제외한 모든 사람들은 적잖이 긴장하는 표정들이었다.

호리는 가볍게 고개를 끄덕였다.

"응. 그렇지."

"이번에는 보주 혼자 가실 생각일랑 아예 하지 마세요."

"엉?"

호리가 가볍게 놀라서 상체를 비틀어 돌아보자 가려는 일부러 그의 시선을 외면하면서 여태까지보다 더욱 엄숙하게 선언하듯이 말을 이었다.

"보주를 측근에서 수행하지 못한다면, 중천보에 호법 같은 지위는 차라리 없는 것이 나을 거예요."

호리는 한 대 맞은 듯 어이없는 표정을 지었지만 혁련천풍 남매와 은초, 철웅 등은 쾌재를 불렀고, 얼굴에는 노골적으로 잘됐다는 표정이 가득 떠올랐다.

第六十六章
불발(不發)

一擲賭乾坤

호리궁과 네 척의 배는 평도현 포구에 나란히 정박해 있었다.

지금 시각은 술시(戌時:밤8시).

호리 등은 밤이 더 이슥해진 후에 움직이려고 호리궁 안에서 기다리고 있는 중이었다.

은초와 철웅은 수하들이 있는 배로 건너가 있었다.

사실 두 사람은 왕사와 흑사, 예사. 그리고 구사문에서 선발한 백 명에게 지난 석 달 동안 꾸준히 무술을 가르쳐 왔었다.

물론 두 사람이 가르친 무공은 예전에 호선이 가르쳐 주었던 심법과 검법, 도법, 보법, 경공술 등이었다.

가르치는 은초와 철웅이나, 배우는 수하들이나 자신들이 배우는 무공의 근원을 모르기는 마찬가지였다.

그들이 가르치고 배우는 무공이 봉황궁의 무공, 그것도 봉황궁주인 호선, 아니, 사도빙 일가의 독문무공이라는 사실은 두말할 것도 없다.

봉황궁 서열 사위인 단봉군주 가려조차도 그 무공을 구경한 적은 있어도 배운 적이 없을 정도인 것이다.

그것을 중천보의 일개 수하들이 배우고 있으니 그들의 성취도가 일취월장하는 것은 당연한 일이었다.

지금 은초와 철웅은 지난 석 달 동안의 수하들의 성취도에 따라서 그들을 향주(香主)와 조장(組長) 등으로 임명하고 있는 중이었다.

호리궁 중간층 탁자에는 호리 혼자 앉아 있고, 가려와 혁련천풍 남매는 그의 뒤와 좌우에 나누어 서 있었다.

세 사람이 서 있는 위치는 일파지존을 호위하는 전형적인 호법의 그것이었다.

앉아 있는 호나 서 있는 세 사람은 모두 각자의 생각에 깊이 잠겨 있는 중이었다.

그리고 그들이 생각하고 있는 것은 모두 동일했다.

지난 사십팔 차례 동안 반복됐던 무의미한 방법을 오늘도 또다시 답습해야 하는가, 라는 것이었다.

그렇지만 아무리 생각을 거듭해도 달리 뾰족한 방법이 떠오르지 않았다.

"저… 영 오라버니."

그때 아직 호칭에 익숙하지 않은 혁련상예가 호리를 보면서 조심스레 입을 열었다.

"응?"

호리는 그제야 고개를 들다가 모두들 서 있는 것을 발견하고 탁자 둘레의 의자를 가리켰다.

"모두들 앉지."

그러나 세 사람은 꼼짝도 하지 않았다.

호리는 실소를 흘리고 나서 조용히 말했다.

"내 앞에서는 앉아도 된다. 이것은 명령이다."

명령이라는 말에 가려가 호리의 맞은편에, 혁련천풍 남매가 좌우에 조심스럽게 앉았다.

"할 말이 있어?"

"네."

호리가 왼쪽에 앉은 혁련상예를 보며 묻자 그녀는 살포시 얼굴을 붉혔다.

지난 석 달 동안 좁은 호리궁 안에서 함께 생활한 덕분에 호리와 그녀는 많이 친한 사이가 되어 있었다.

호리는 원래 무뚝뚝한 성격이지만, 할 수 있는 한 그녀를 누이동생처럼 따뜻하게 대해주려고 애썼다.

처음과 같은 어색함은 많이 사라졌지만, 혁련상예는 아직도 호리 앞에 서기만 하면 어김없이 쭈뼛거리고 얼굴을 붉히기 일쑤였다.

호리궁의 모든 사람들은 그 이유가 혁련상예가 호리를 이성으로 좋아하기 때문이라는 사실을 짐작하고 있지만, 정작 당사자인 혁련상예나 호리는 느끼지 못하고 있었다.

"저는 같은 여자의 입장에서 조 소저가 처해 있는 상황을 생각해 보았어요."

"음."

호리는 낮은 침음을 흘리면서 계속하라는 시늉을 했다. '같은 여자의 입장'이라는 말이 그의 흥미를 끌었다.

"제가 조 소저의 입장이고, 또 마황부 마성 고수들에게 붙잡힌 상황이라면, 아마 십중팔구 자신을 철저하게 은폐하거나 위장할 것 같아요."

호리는 눈에 약간의 이채를 띠면서 혁련상예를 쳐다보았다.

혁련상예는 그것이 관심의 표명이라고 여겨 한층 목소리에 힘이 들어갔다.

"최초에 조 소저를 붙잡은 마성 고수들은 그녀가 변복을 한 상태로 두 명의 청룡위사들의 호위를 받고 있었던 점을 감안하여 그녀가 중요한 사람이라고 여겨서 필경 심문했을 거예요. 그렇지만 그녀가 자신에 대해서 사실대로 말을 했다면,

마성 고수들은 그녀를 더 이상 중요한 존재로 여기지 않게 됐을 거예요."

무황성 이소성주에게 납치된 일개 시골 소녀가 마황부의 흥미를 끌 리 만무했다.

혁련상예의 조목조목 명확하고도 이치에 닿는 말에 모두들 진한 흥미를 느끼며 귀를 기울였다.

세 사람의 반응에 설명을 하는 혁련상예도 덩달아 목소리가 약간 높아졌다.

"그 상황에서 마성 고수들이 선택할 수 있는 방법은 크게 세 가지가 있었을 거예요."

그녀는 백옥처럼 희고 긴 손가락을 하나씩 꼽기 시작했다.

"첫째, 조 소저를 그냥 풀어주는 것인데 가장 바람직한 방법이지요. 둘째, 그들은 무고한 양민을 해치거나 납치해서는 안 된다는 마황부의 규칙을 위반했기 때문에 그 사실을 은폐하려고 조 소저를 죽여서 시신을 없앴을 수도 있어요. 이 경우가 가장 우려되는 최악의 상황이지요."

거기까지는 호리나 가려도 이미 골백번 이상 생각했던 내용이었다. 궁금한 것은 혁련상예가 곧 말하게 될 세 번째다.

"셋째. 마성 고수들이 조 소저를 풀어주지도, 죽이지도 않은 경우예요."

"그런 경우라면 조 소저가 지금쯤 어떤 상황에 처해 있을지 예상할 수 있겠어요?"

가려가 재빨리 물었다.

그녀의 가문은 대대로 봉황궁의 가신(家臣)이었다. 그래서 그녀는 걸음마를 시작할 시기부터 가신이 되기 위한 수업을 받았고 이후 최상의 진로를 밟아 오늘날의 지위에 올랐다.

즉, 그러기 위해서 그녀는 여자로서의 모든 권리를 반납했다는 뜻이다.

그런 그녀가 평범한 삶을 살아온 시골 소녀인 조연지의 행동양식을 이해하지 못하는 것은 당연한 일이었다.

하지만 가려와는 달리 혁련상예는 지극히 여성적인 면이 풍부한 사람이다.

그렇기 때문에 그녀는 누구보다도 조연지에 대한 이해도가 높을 수 있는 것이다.

"마성 고수들이 조 소저를 풀어주지도 죽이지도 않았다면, 어떤 형태로든 자신들의 조직 내에서 데리고 있을 가능성이 커요. 물론 이 경우에는 조 소저의 신분이나 그녀가 마성군으로 유입된 경로 따위가 철저하게 위장, 조작되었겠지요."

"마성 고수들이 조 소저를 자신들의 조직 내에서 데리고 있다는 건가요? 그럴 수도 있나요?"

기어코 가려는 두 팔을 활짝 벌려 보이면서 어이없다는 표정을 지었다. 여자로서 여자를 이해하지 못하는 한계를 드러낸 것이다.

혁련상예는 공감을 구하듯 조심스러운 표정으로 호리와

혁련천풍을 바라보았다.

그러나 두 사람 역시 가려와 같은 반응이었다.

혁련상예는 가볍게 아미를 찌푸렸다. 여자들만의 독특한 심리를 어떻게 설명해야 할지 표현 방법을 고르는 것 같더니 이윽고 입을 열었다.

"제가 그 상황이라면 철저하게 자신을 은폐하거나 위장을 할 거예요. 왜냐하면, 자신을 보호하면서 끝까지 살아남아야 하기 때문이죠."

그것은 그녀가 처음에 말했던 내용이었다.

"남자들에게 싸움에 대한 본능이 있다면, 여자들에게는 위험에 대처하는 본능이 있어요. 그것은 누가 가르쳐 주는 것이 아니라 어떤 상황에 처했을 때 자신에게 가장 적합한 방향으로 즉시 적응하는 원초적인 본능 같은 것이에요."

두 남자와 가려는 알 듯 모를 듯 애매한 표정을 지었다.

이윽고 호리가 처음으로 입을 열었다.

"연지는 매우 여리면서도 강한 아이였어. 별것도 아닌 일에 펑펑 울기도 하지만, 모두들 놀랄 만큼 강인함을 보인 적도 여러 번 있었지. 그래서 상예가 지금 무슨 말을 하는 것인지는 정확하게 모르겠지만, 그 아이가 어떤 형태로든 끈질기게 살아남아 있을 것이라는 사실에는 동의하고 싶군."

혁련상예는 미소로써 자신의 설명을 그런 식으로라도 이해해 줘서 고맙다는 인사를 대신했다.

"그렇다면, 상예는 지금 연지가 어떤 상황일지 짐작이 가는 것이라도 있는 것인가?"

"대충은……."

"말해봐."

그러나 혁련상예는 약간 머뭇거렸다.

호리는 혁련상예가 조연지에 대해서 불길한 말을 하는 것을 꺼려한다는 사실을 짐작하고 고개를 끄덕였다.

"이것은 가정일 뿐이니까, 어떤 말을 해도 상관없다. 아니, 정말 현실이 그렇더라도 어쩔 수 없는 일이다."

혁련상예는 그 말에 용기를 내어 조심스럽게 입을 열었다.

"두 가지 유형으로 짐작할 수 있는데, 첫째는……."

"첫째는 뭔가요?"

전혀 여자답지 못한 가려가 재촉했다.

"첫째는…… 조 소저가 마성 고수들의 노… 리개가… 되어 있을지도 모른다는 사실이에요."

혁련상예는 어렵사리 얘기를 하고 나서 남몰래 한숨을 내쉬었다.

이 상황에서 노리개라는 말이 기녀나 창녀를 뜻한다는 사실을 알아듣지 못하는 사람은 아무도 없었다.

마성군 내에서 술을 팔지는 않을 것이므로, 이 경우에는 창녀를 의미하고 있었다.

과연 그 말은 매우 충격적이어서 아무도 입을 열지 않았다.

다만 굳은 표정이거나 얼굴을 찌푸리는 정도였다.

하지만 그녀의 예상은 충분히 가능한 일이었다. 아니, 그 무엇보다도 현실적이었다.

조연지가 어떤 모습으로든 살아남기를 각오했다면, 그래서 호리와 부친을 만나야겠다는 결심이 섰다면—그녀는 아직 부친의 죽음을 모른다—그렇게 마성 고수들의 노리개가 되는 것마저도 감수할지 모른다는 추측이었다.

호리의 동공이 가벼이 흔들렸다. 그것은 분노와 절망이 아닌 안쓰러움이었다.

만약 그가 조연지를 사랑하고 있었다면 분노와 절망을 느꼈을 터이다.

그렇지만 누이동생으로 여기기 때문에 안쓰러움을 느끼고 있는 것이다.

"두 번째는?"

잠시 시간이 흐른 후 호리가 조용한 어조로 물었다.

"마성군이 거느리고 있는 하녀나 부엌일을 하는 찬비(饌婢) 정도가 되지 않았을까 추측할 수 있겠군요."

그 역시 충분히 가능한 일이었다. 그리고 모두들 조연지가 첫 번째 상황보다는 두 번째 상황이 되어 있기를 마음속으로 빌었다.

혁련상예는 흘러내린 머리카락을 쓸어 올리면서 가량가량한 모습으로 말을 이었다.

"조 소저가 노리개가 됐든, 하녀가 됐든 자의 반 타의 반으로 자신의 신분이나 이름을 사용하지 못하는 상황일 거예요."

만약 혁련상예의 분석이 맞는다면, 호리가 여태껏 사십팔 차례나 마성군 주둔지에 잠입, 싸움을 벌였어도 그녀를 찾아내지 못했던 의문이 어느 정도는 풀리게 된다.

호리는 주로 마성군 주둔지의 뇌옥이나 사람이 갇혀 있을 만한 장소를 살펴보는 데 주력했었다.

그러나 노리개나 하녀들은 전혀 다른 곳에 있을 것이므로, 호리는 엉뚱한 데에다가 시간과 정력을 허비한 꼴인 것이다.

호리는 미소를 지으면서 혁련상예를 쳐다보았다.

"수고했다, 상예야. 지금으로서는 네 말이 가장 이치에 맞는 것 같구나."

그 말에 혁련상예의 두 뺨이 발그레 붉어지면서 기쁨의 표정이 떠올랐다.

그것이 너무 역력한 모습이라서 가려와 혁련천풍의 눈에도 띄었다.

두 사람은 의미 모를 표정을 지었다가 곧 각자의 생각 속으로 빠져들었다.

호리가 그렇듯이 '그런 상황에서 어떻게 하면 조연지를 구할 수 있는가'라는 것이었다.

조연지가 마성 고수들의 부엌때기가 되었다면 앞으로는

마성군 주둔지의 주방을 찾아보면 될 일이다.

그러나 하녀나 노리개가 된 상태라면 주둔지 곳곳을 살펴야만 할 것이다.

그녀가 누구의 하녀인지 모르고 있으며, 만약 노리개가 됐다면 호리가 잠입할 당시에 어떤 자의 품에 안겨 있을는지 전혀 짐작할 수 없는 상황이기 때문이었다.

마황부가 변방에서 중원으로 수만 리를 이동할 때에는 어떻게 했는지 알 수 없지만, 무황성을 멸문시키고 나서부터는 이동할 때마다 자신들의 주둔지에 수십 명의 잡일을 하는 일반 백성이나 여러 방면의 숙수(熟手)들을 거느리고 다녔다.

그만큼 여유가 생겼다는 뜻이다. 무림오황의 하나 남은 검황루의 목을 서서히 조이자는 것이 마황부와 봉황궁 지도부의 계획이므로, 수하들을 배불리 먹이고 가능한 호사를 누리게 하면서 이동하는 것도 나쁘지 않을 터이다.

어쩌면 그것은 무황성과 선황파를 순식간에 일패도지시킨 수하들에 대한 포상(褒賞)의 의미도 있을 것이다.

예로부터 승승장구하는 군사들의 사기는 꺾지 않는 것이 지휘자들의 덕목이고 아량이었으므로, 마황부도 크게 다르지 않을 터이다.

"어쩌면……."

모두들 어떻게 조연지를 찾아낼 것인가를 고심하고 있을 때, 혁련상예가 다시 조심스레 입을 열었다.

호리 등 세 사람은 그녀의 두 눈이 영특하게 빛나는 것을 발견하고 기대 어린 표정을 지었다.

"이것은 조 소저가 매우 총명한 사람이라는 전제하에 가능한 가정이에요."

그렇게 운을 뗀 그녀는 곧 말을 이었다.

"그녀는 흔적을 남겼을지도 몰라요."

"어떤 흔적 말이죠?"

혁련상예의 말이 끝나자마자 역시 가려가 재빨리 물었다.

"몰라요."

가려의 얼굴에 실망의 기색이 스쳤다.

"어떤 흔적인지도 모르면서 그녀가 흔적을 남겼을 것이라고는 어떻게 가정할 수 있는 건가요?"

혁련상예는 은연중에 가려의 말을 무시하고 호리를 보며 설명을 했다.

"다른 사람들은 알아보지 못하지만 오직 한 사람, 영 오라버니만 알아볼 수 있는 그런 흔적일 거예요."

그녀는 호리의 표정이 가볍게 변하는 것을 지켜보면서 말을 이었다.

"조 소저가 살아 있다면, 영 오라버니가 반드시 찾아올 것이라는 믿음을 품고 있을 것이고, 그렇다면 영 오라버니만 알아볼 수 있는 표식이나 흔적을 어딘가에 남겼을지도 몰라요."

충분히 가능한 일이었다. 물론 조연지가 총명한 사람인가 라는 전제가 있기는 하지만.

호리는 또다시 생각에 잠겨들었다. 자신과 조연지만 알고 있는 것이 무엇인가를 생각해 내려는 것이다.

"조 소저가 잘하는 것이 무엇이죠?"

호리 자신과 조연지만의 연관성이 아니라 그녀가 잘하는 것이라면 생각해 볼 것도 없었다. 너무나 잘 알고 있기 때문이었다.

"요리, 뜨개질, 자수(刺繡), 탄금(彈琴), 회화(繪畵) 같은 것들이야."

혁련상예의 얼굴에 설핏 부러움이 빠르게 스쳐 갔다. 조연지가 잘하는 것들은 그녀가 하나같이 잘하고 싶어하는 것들뿐이었다.

가려가 혼잣말로 중얼거렸다.

"혹시 탄금이 아닐까? 악기 소리로 자신의 위치를 알리는……."

그러다가 말끝을 흐렸다. 적지 한복판에서 노리개나 하녀의 신분으로 있으면서 탄금이라니, 얼토당토않은 말이라는 것을 말하던 도중에 깨달은 것이다.

결국 최후의 결론은 혁련상예가 내렸다.

"두 분께선 방금 영 오라버니께서 말씀하신 조 소저의 특징을 잘 기억했다가 마성군 주둔지에 잠입했을 때 유의하도

불발(不發) 259

록 하세요."

 호리는 마황부 마성군에 대한 사십구 회째 출동을 감행했다.
 그러나 이번에는 혼자가 아니라 가려와 혁련천풍 남매와 함께 행동을 개시했다.
 호리는 여태까지 사십팔 회의 출동으로 그들 조직에 대한 몇 가지 사실을 알아냈다.
 마성군이 각 백오십 명씩 나누어서 이동하고 있다는 것이 그 첫 번째인데, 그 최소 조직을 로(路)라고 부른다는 것이 그 중 하나다.
 두 번째는, 마성군이 팔천삼백 명이니 도합 오십오 개의 '로'를 거느리고 있다는 것이다.
 호리는 지금껏 사십팔 회 마성군의 '로'에 잠입했었는데 그중에서 중복된 곳은 한 군데도 없었다.
 그렇다면 이제 남은 '로'는 일곱 개라는 뜻이고, 또 다른 변수가 없는 한 그 안에 조연지가 있을 것이라는 뜻이다.
 다만, 호리가 지금껏 거쳐 왔던 사십팔 개의 '로'에 조연지가 없었다는 전제여야만 한다.
 마성군 사십구 번째 '로'는 평도현 현 내에서 동쪽으로 오 리가량 떨어진 황하 강변에 진을 치고 있었다.
 마황부 수하들은 중원 내에서 이동할 때에는 백성들이 거주하는 곳에 진을 치지 않는 것을 원칙으로 하고 있었다. 자신들이 백성들에게 미치게 될지도 모르는 피해를 최소화하기 위해라는 것이 이유였다.

그래서인지 백성들은 마황부에 대해서 그다지 거부감을 갖고 있지 않았다.

하루 벌어서 하루 먹고살기도 빠듯하거나 하루 종일 땅만 파는 백성들이야 사실 무림의 주인이 누가 되든 관심도 없고 상관도 없다.

다만 천하가 어수선해지고 난리가 나지 않기만을 바라고 있을 뿐이었다.

그런 점에서 마황부는 일단 민심을 얻는 데에는 성공하고 있는 셈이었다.

호리 일행은 포구를 끼고 형성된 평도현 현 내를 거치지 않고 현을 크게 우회하여 빙 돌아서 마성군 사십구 번째 '로'를 향해 빠르게 접근해 갔다.

그런데 사십구 번째 '로'를 이십여 리쯤 남겨놓은 지점에서 갑자기 가려가 뒤로 쳐지면서 말했다.

"먼저 가세요. 곧 뒤따라갈 테니까."

호리 등은 그녀가 볼일을 보려는 것이라고 여겨 그녀를 남겨두고 곧장 쏘아갔다.

가려는 정말 볼일을 보려는 것처럼 근처의 우거진 숲 속으로 들어갔다.

하지만 그녀는 볼일을 보려고 주저앉지도, 바지를 내리지도 않았다.

슥—

"단주를 뵈옵니다."

그녀가 숲 속에 멈춰서 마치 누군가를 기다리는 듯 우뚝 서서 채 한 호흡이 지나기도 전에 그녀의 면전에 붉은 인영이 일렁이는 것 같더니 곧 한 명의 홍의경장녀가 나타나 한쪽 무릎을 꿇고 깊숙이 고개를 숙였다.

어깨에 한 자루 붉은 검집에 담긴 검을 메고 있는 홍의경장녀는 봉황궁 단봉천기수지만 지금은 신분을 감추기 위해서 다른 복장을 하고 있었다.

"새로운 소식이 있다. 궁주께 알려라."

가려는 호리 일행과 대화를 나눌 때와는 달리 근엄하면서도 냉랭한 어조로 서두를 떼고 난 이후, 두어 시진 전에 호리궁 중간층에서 혁련상예에게 들은 얘기들의 결론을 단봉천기수에게 간략하게 설명했다.

"숙지했느냐?"

"명심했습니다. 그대로 궁주께 보고를 올리겠습니다."

"일어나라. 내게 보고할 내용이 있느냐?"

가려는 자신이 설명하는 내내 예를 취하고 있던 수하를 일어서게 했다.

"군주, 마성군 이십육로(二十六路)는 함정입니다."

"함정?"

'이십육로'라는 것은 지금 호리 일행이 향하고 있는 마성군 사십구 회째의 '로'를 가리키는 것이었다.

사실 가려는 수하들의 보고를 통해서 마성군의 조직 편제와 이동 경로에 대해서 이미 훤히 알고 있는 상황이었다.

호리는 마성군 팔천삼백여 명이 오십오 개의 소단위 조직으로 이루어졌을 것이라고 추측하고 있지만, 사실은 백오십 명씩 오십이 개의 '로'로 이루어졌다.

그리고 마성군 군주가 이끄는 지휘부가 있는데 오백여 명의 마성군 정예고수들로 이루어져 있다.

마성군주의 지휘부는 현재 산동성의 성도인 제남성에 주둔하고 있는 중이었다.

하지만 가려는 자신이 알고 있는 사실들을 호리에게 말해줄 수 없는 입장이었다.

말해줄 경우, 언제나 호리 곁에 그림자처럼 붙어 있는 그녀가 어떻게 그런 사실들을 알아낼 수 있었느냐고 물으면 할 말이 없기 때문이었다.

단봉천기수는 공손히 보고를 계속했다.

"마황부에서는 참마검객을 잡기 위해서 그가 여태껏 마성군 사십팔 개의 로에 잠입했던 경로를 면밀하게 분석하여 그의 현재 위치를 유추해 냈어요."

"마황부는 참마검객이 어디쯤 있는 것으로 알고 있느냐?"

"이곳 평도현을 중심으로 오십여 리 안에 있을 것으로 짐작하고 있습니다."

 가려는 살짝 아미를 찌푸렸다. 호리와 일행이 있는 현재 위치를 오십여 리까지 정확하게 집어낸 마황부의 분석은 매우 정확했다.

 "그래서 마황부는 참마검객이 이 일대에서 이동 중인 이십육로와 이십팔로에 잠입할 것이라 추측하고, 각 로 근처에 각 이십 명의 마신전사와 삼백 명의 마풍사로군, 철로정병 일 개 대(隊)씩을 매복시켜 두었습니다."

 철로정병 일 개 대는 천 명이다.

 가려의 아미가 더 찌푸려졌다. 이십육로와 이십팔로 각 로에 마신전사와 마풍사로군을 위시해서 무려 천삼백이십 명씩을 매복시켜 두었다는 것은 실로 놀라운 일이었다. 또한 예상하지 못했던 일이기도 했다.

 마황부가 참마검객을 잡는 것에 이 정도로 적극적으로 대처할 줄은 짐작하지 못했고, 또한 그들의 치밀함에 놀라움을 금치 못했다.

 만약 그런 사실을 단봉천기군이 사전에 알아내어 가려에게 알려주지 않았더라면, 호리 일행은 아무것도 모르는 상태에서 제 발로 사지(死地) 속으로 뛰어들고 말았을 것이다.

 가려는 여태까지 호리에게 마황부의 어떤 정보에 대해서도 모르쇠로 일관해 왔지만, 이번만큼은 그럴 수가 없었다.

 그가 어떤 의심을 하게 되더라도 이 사실만은 말해줄 수밖에 없는 상황이었다.

"다른 보고는 없느냐?"

마음이 급해진 가려가 빠르게 묻자 단봉천기수 역시 빠른 어조로 보고했다.

"궁주와 마황부주는 현재 절강성으로 이동 중이십니다. 그리고 궁주께서는 군주께서 그분에게 여태까지보다 더 복종하라고 하명하셨습니다."

'그분'이란 호리를 가리킨다.

'복종?'

가려는 속으로 적잖이 놀랐다. 호선은 여태껏 호리를 잘 호위하라고만 명령했지, '복종'하라고 명령한 것은 이번이 처음이었다.

가려는 갑자기 자신과 호리가 지금까지 쌓아온 친밀한 유대관계가 한꺼번에 와르르 무너지면서 그가 멀어지는 것을 느꼈다.

호선의 명령이 마치 친구에게 복종하라는 것처럼 느껴졌기 때문이었다.

"군주, 속히 그분을 제지해야 되지 않습니까?"

수하가 굳은 얼굴로 말하자 그제야 가려는 퍼뜩 정신을 차리고 서둘러 그 자리를 떠났다.

"멈춰요! 매복이 있어요!"

마성군 이십육로의 주둔지를 십여 리쯤 남겨둔 지점에서 호리는 가려가 보내온 다급한 전음을 들었다.

그는 즉시 멈추고 뒤를 돌아보았다. 전음은 가려의 목소리였지만 그녀의 모습은 보이지 않았다. 그녀가 천리전음(千里傳音)을 사용했기 때문이었다.

호리는 즉시 혁련천풍 남매에게 신호를 하여 강변의 우거진 숲 속으로 스며들어 갔다.

매복이라고 외친 가려의 목소리는 다급하기 짝이 없었다. 그것은 매복이 가까운 곳에 있다는 의미일 것이라고 호리는 판단했다.

혁련천풍 남매는 호리의 신호에 따라 숲 속에 따라 들어온 후 본능적으로 자세를 낮추고 바짝 긴장한 표정으로 사방을 살펴보았다.

무슨 일인지는 알지 못하지만 위험한 상황이라고 직감한 것이었다.

"전방에 매복이 있다고 가려가 알려왔소."

그때 호리의 목소리가 혁련천풍 남매의 머릿속에서 나직하지만 또렷하게 웅웅 울렸다.

말로만 듣던 불문의 혜광심어 같은 놀라운 수법에 두 사람은 화들짝 놀랐다.

호리가 이심전각의 수법을 사용했던 것이다.

혁련천풍 남매는 호리가 사용한 이심전각 수법보다 매복

이 있다는 말에 더 놀랐다.

　세 사람은 일제히 공력을 끌어올려 최대한 먼 곳의 기척을 감지하기 시작했다.

　이윽고 이 갑자의 비슷한 공력을 지니고 있는 호리와 혁련천풍이 먼저 어떤 기척을 감지했다.

　엄밀하게 따지면 호리의 공력이 혁련천풍보다 십여 년 정도 높지만, 무공은 훨씬 고강하다. 그가 배운 무공은 호선의 절학들이기 때문이다.

　다른 의미로는 봉황궁의 절학이 무황성의 절학을 능가한다는 뜻이기도 했다.

　잠시 후 혁련상예도 전방에서 여러 사람의 흐릿한 숨소리를 감지하고 얼굴에 놀라움을 가득 떠올렸다.

　팔십 년 공력인 그녀보다 더 고강한 호리와 혁련천풍은 더 넓은 지역에 훨씬 많은 움직임을 간파했다.

　두 사람이 감지한 것은 마황부 철로정병 수백 명의 숨소리와 맥박 소리였다.

　그러나 두 사람은 그곳에 그들보다 더 고강한 인물들이 더욱 깊숙하게 은둔하고 있다는 느낌을 흐릿하게 감지했다.

　또한 숨소리의 분포로 볼 때 그들이 커다란 항아리 모양으로 포진하고 있음을 알 수 있었다.

　그런데 호리 등은 항아리의 입구를 향해서 질주하고 있었던 것이다.

만약 제때에 가려가 알려주지 않았더라면 호리 등은 항아리 깊숙한 곳까지 멋모르고 들어갔다가 순식간에 포위를 당해 버리는 낭패를 당할 뻔했다.

세 사람이 나뭇가지가 땅에 닿을 듯 무성한 거목 아래에 모여 있을 때 가려가 나타났다.

그녀는 마치 그곳에서 세 사람을 만나기로 사전에 약속했던 것처럼 숲 속을 헤매지도 않고 정확하게 찾아왔다.

달리 말하면, 가려 정도의 고수가 호리 일행을 찾아내려고 마음을 먹으면 충분히 찾아낼 수 있다는 뜻이어서 세 사람은 일시적으로 씁쓸한 기분이 들었다.

"우리가 가고 있는 마성군 주둔지는 함정이에요. 마신전사와 마풍사로군을 위시한 천삼백여 명의 마황부 고수들이 참마검객을 잡으려고 매복하고 있어요."

참마검객 한 사람을 잡으려고 무려 천삼백여 명이 매복해 있다는 말에 호리 등은 적잖이 놀라면서 말문이 막혔다.

"분명한 거야? 그걸 어떻게 알았지?"

지금껏 가려의 말이 틀린 적이 없었다는 사실을 잘 알고 있으면서도 호리는 그렇게 물었다.

오늘 밤 출동이 수포로 돌아가야 한다는 것이 견딜 수 없었기 때문이다.

가려는 한 차례 숨을 내쉬고 나서 차분하게 입을 열었다.

"사실 내게는 몇 명의 수하들이 있어요. 그들에게 오늘 밤 우리가 목표로 삼은 마성군 주둔지를 살펴보라고 사전에 지시를 해두었거든요."

호리는 잠시 생각하는 듯하다가 이윽고 무겁게 고개를 끄덕였다.

"가려가 아니었으면 큰 낭패를 당할 뻔했군."

호리가 가려의 수하들에 대해서 문제를 삼거나 캐고 들지 않을 뿐만 아니라 칭찬의 말까지 하자 그녀는 속으로 작은 안도의 한숨을 내쉬었다.

가려와 혁련천풍 남매는 말없이 호리를 쳐다보았다. 무언중에 어떻게 할 것인지를 묻는 것이었다.

호리는 오늘 밤 출동이 수포로 돌아가는 것이 아쉬웠으나 마황부 고수 천삼백여 명이 매복해 있다는 사실을 뻔히 알면서도 불을 보고 날아드는 부나비처럼 무작정 뛰어들 정도로 어리석지는 않았다.

호리는 가려를 쳐다보며 진지하게 물었다.

"수하들에게 계속 마성군을 감시시킬 수 있는 것인가?"

"네."

"그렇다면 매복이 물러가면 내게 알려줘. 지금은 일단 물러가도록 하지."

그렇게 그날 밤의 출동은 불발로 막을 내렸다.

第六十七章
일인영웅(一人英雄)

一擲賭者 乾坤

평도현 포구에 정박하고 있는 호리궁으로 돌아온 호리 일행은 중간층 탁자에 둘러앉았다.

"마성군 지휘부?"

호리는 가볍게 표정이 변하여 맞은편에 앉은 가려를 쳐다보았다.

"네. 수하들이 알아낸 바에 의하면, 마성군은 모두 오십이로가 있으며 지휘부는 마성총군(魔星總軍)이라고 하는데, 현재 제남에 주둔하고 있대요."

호리는 여전히 가려의 수하들에 대해서는 의심이나 의문을 품지 않았다. 그만큼 그녀를 신뢰하고 있기 때문이었다.

"음, 그렇다면 오늘 밤 우리가 목표로 했던 마성군이 몇 로인지 알고 있나?"

"이십육로예요. 얼마 떨어지지 않은 곳에 주둔해 있는 것은 이십팔로인데, 그곳에도 마신전사와 마풍사로군을 위시한 천삼백여 명이 매복해 있다는 보고였어요."

호리는 가려 얼굴에 시선을 고정시켰다.

"혹시 내가 지금까지 거쳐 왔던 마성군의 로들과 현재 남아 있는 로들을 구별할 수 있나?"

가려는 호리의 시선이 거북했다. 마치 자신의 내심을 꿰뚫어 보고 있는 것 같아서였다.

그렇지만 지금에 와서 모른다고 딱 잡아떼면 더 이상할 터이다. 이왕지사 내친걸음이었다.

"남아 있는 로는 네 개인데, 이십육, 이십팔, 삼로, 그리고 지휘부인 마성총군이에요."

"그것들의 위치는?"

"파악했어요."

"음."

호리는 고개를 끄덕이며 가려에게서 시선을 거두었다.

그의 시선이 거두어지자 가려는 자신의 목을 옭죄고 있던 질긴 줄이 풀리는 듯한 느낌을 받았다.

이어서 실내에 잠시 무거운 침묵이 흘렀다.

호리는 생각에 잠겼고, 혁련천풍 남매는 새삼스러운 표정으로 가려를 쳐다보고 있었다.

가려는 두 사람의 시선을 느꼈지만 일부러 모른 체 외면을 하고 자신도 생각에 잠겼다.

'호리에게 복종을 하라고?'

호선의 새로운 명령에 대해서였다.

그때 선실에서 중간층으로 누군가 내려오는 소리가 들리더니 곧 은초와 철웅이 나타났다.

"보주, 이곳에서 볼일이 끝나지 않았다면 우리 먼저 봉래현으로 갈까 하는데."

항주를 떠난 이후의 은초는 자신의 잠재되어 있던 능력을 많이 발견하여 그것을 키웠다.

치밀함은 그것들 중에 하나였다. 그는 어느새 과거 항주성에서의 호리를 연상시킬 정도로 치밀한 사람이 되었지만, 정작 본인은 그것을 깨닫지 못하고 있었다.

이즈음의 그는 한시도 가만히 있지 못할 만큼 바빴다. 무공 수련을 하거나 수하들에게 무공을 가르치거나, 곧 개파할 중천보의 세부 계획들을 짜느라 늘 분주해서 하루에 두 시진 이상 자는 경우가 없을 정도였다.

그는 자신을 비롯한 중천보의 백여 명이 호리의 뒤를 따르면서 조력자 역할을 하는 것이 그다지 생산적이지 못하다는 사실을 꽤 오래전부터 생각해 오고 있었다.

"보주를 도울 수하들과 그들이 머물 배 한 척은 두고 갈 생각이오. 수하들이 얼마나 필요하오?"

또한 은초는 냉정할 정도로 끊고 맺음이 정확한 사람으로 변해 있었다.

그것도 발전이었다. 과거 거의 모든 것을 호리에게 의존하던 그였지만 지금은 반대로 거의 모든 일들을 자신이 계획하고 또 실행하고 있었다.

호리는 대답 대신 혁련상예를 쳐다보았다.

호리궁의 살림을 일임하고 있는 혁련상예는 호리의 뜻을 알아차리고 대신 대답했다.

"원래 호리궁을 몰던 수하 한 명이면 돼요."

"요리를 하고 시중을 들 하녀를 두 명 구해주겠소."

명색이 보주고 호법들인데 예전처럼 시시콜콜한 잡일까지 일일이 하지 않아도 된다는 뜻이었다.

"아니, 괜찮아요, 우 보주님."

혁련상예가 정도 이상으로 두 손을 내저으며 만류했다.

"그런 것은 내가 다 할 수 있어요."

은초는 정색을 했다.

"그래도 일문의 좌호법이 어떻게 직접 요리를 하고 청소를 한다는 말이오?"

"할 수 있어요."

혁련상예는 물러서지 않았다. 평소 같지 않게 눈을 상큼 치뜨고 두 손을 가느다란 허리에 얹어서 절대 물러서지 않을 기세를 내비쳤다.

그도 그럴 것이, 호리궁에서 머무는 사람들의 식사는 지난 석 달 동안 혁련상예 혼자 도맡아서 해결했다.

처음에는 서툴고 힘들어서 밤에 자다가 자신도 모르게 끙끙 앓는 소리를 낸 적이 한두 번이 아니었다.

그러나 문제는 요리 솜씨였다. 아무리 힘들고 고단해도 그녀가 만든 요리를 호리 등이 맛있게 먹어주면 힘이 저절로 났을 텐데 현실은 그렇지가 않았다.

모두들 배가 고프면서도 언제나 요리를 절반 이상 남기기 일쑤였다.

혁련상예는 육체적으로 힘든 것보다 그런 것이 더 견디기 어려웠다.

그래도 그녀는 포기하지 않고 부단히 노력했으며, 그 결과 지금에 이르러서는 그녀가 만든 요리를 모두 맛있게 먹는 것 같았다.

더구나 그녀는 비로소 요리를 만드는 재미에 푹 빠지게 됐는데 그것을 다른 사람에게 양보하라니, 죽으면 죽었지 그렇게는 할 수가 없었다.

자신이 만든 요리를 호리가 처음으로 남기지 않고 한 그릇 깨끗이 비웠을 때, 혁련상예는 그날 밤 너무 기뻐서 이불을 뒤집어쓰고 남몰래 기쁨의 눈물을 흘리기까지 했었다.

그때 일을 생각하면 지금도 흐뭇해서 가슴속으로 한줄기

따뜻한 물이 흐르는 듯한 느낌이었다.

"상예 너, 왜 고집을 부리는 거냐?"

마침내 은초는 평소 하던 대로 막 나갔다.

"초 오빠야말로 내가 싫다는데 대체 왜 그러세요?"

"어? 너……."

평소 얌전하기만 하던 혁련상예가 눈을 똑바로 뜨고 대들자 은초는 어이없다는 듯 말을 잇지 못했다.

그때 가려가 지나가는 말처럼 툭 끼어들었다.

"좌호법 요리 맛있던데……. 보주, 그렇지 않은가요?"

혁련상예는 귀가 번쩍 뜨여 가려를 쳐다봤다가 급히 호리에게 눈길을 주었다.

호리는 팔짱을 끼고 앉았다가 턱을 주억거렸다.

"웅. 은소 누님 따라가려면 아직 멀었지만, 그런대로 먹을 만하더군."

혁련상예는 두 손을 가슴 앞에 모으고 작게 감동하는 표정으로 호리를 바라보았다. 누군가 툭 건드리기만 해도 눈물을 쏟을 듯한 얼굴이었다.

은초는 자신의 누나인 은소와 혁련상예를 비교하자 괜히 어깨가 으쓱해져서 헛기침을 했다.

"험! 험! 어딜 우리 누나하고 감히 비교를, 하지만 입맛 까다롭기로 소문난 보주가 먹어줄 만하다면 요리 솜씨가 제법 이로군. 음!"

혁련천풍이 미소를 지으며 거들고 나섰다.

"우 보주, 섣불리 외부 사람들을 호리궁에 들여놓는 것보다는 당분간은 우리끼리 해결하는 것이 좋을 듯하오."

은초는 고개를 끄덕이며 크게 양보했다.

"듣고 보니 그렇군. 보주께서 허락하시면 호리궁 일은 상예, 아니, 좌호법에게 일임하는 것으로 하겠소."

방금까지 혁련상예와 으르렁거리던 은초는 뒤늦게 체통을 되찾으려고 무던히 애를 쓰고 있었다.

호리는 고개를 끄덕였다.

"상예가 힘들지 않다면 나도 괜찮다. 요리든 뭐든 다른 사람보다는 상예가 훨씬 잘하고, 또 그녀는 사람을 편하게 해주니까 말이야."

사람들의 시선이 혁련상예에게 향하다가 가볍게 놀랐다.

그녀가 갑자기 울음을 터뜨리면서 자신의 방으로 달려들어 가더니 문을 닫아버린 것이다. 호리의 칭찬에 주체할 수 없을 정도로 감격이 몰려든 것이었다.

그걸 보고 호리는 오해를 했다.

"음! 상예가 많이 힘든가 보군. 우 보주, 아무래도 하녀를 구하는 것이 좋겠네."

"그러지요."

순간 혁련상예의 방문이 부서질 듯이 왈칵 열리면서 그녀가 상체를 내밀며 날카롭고도 처절하게 부르짖었다.

"절대 안 돼요! 호리궁은 내 영역이에요!"

중인들이 어리둥절한 표정을 지을 때 가려가 고개를 끄덕이며 아는 체를 했다.

"흐음, 설마 좌호법은 나더러 요리를 하고 청소를 하라는 뜻인가?"

혁련상예가 가려를 하얗게 흘겨보며 입술을 깨물었다.

"언니! 나하고 원수질 일 있어요?"

결국 호리궁의 요리와 잡일은 중천보의 좌호법 혁련상예가 전담하기로 하고, 은초와 철웅은 호리궁 외의 배들을 이끌고 봉래현을 향해 출발했다.

그날, 혁련상예는 가려에게 처음으로 '언니'라는 호칭을 사용했다.

호리와 가려, 혁련천풍 세 사람은 호리궁 중간층 탁자 둘레에 앉아 술잔을 기울이고 있었다.

혁련상예는 부지런히 요리를 만들어 탁자로 날랐다. 나중에는 탁자에 더 이상 요리 그릇을 놓을 자리가 없는데도 그녀는 요리 만들기를 멈추지 않았다.

호리와 가려, 혁련천풍은 술만 마시고 있을 뿐 벌써 반 시진이 넘도록 아무도 입을 열지 않았다.

가려와 혁련천풍은 호리가 마성군 이십육로 주변에 매복하고 있는 천삼백여 명의 마황부 고수들이 물러갔다는 소식을 기다리고 있다는 사실을 짐작하고 있었다.

호리는 이십육로의 매복이 쉽사리 물러가지 않을 것이라고 예상하고 있었다.

그러면서도 기다렸다. 지금으로서는 그것밖에 방법이 없기 때문이었다.

"마성군 이십육로와 이십팔로에 도합 이천육백 명의 마황부 고수들이 매복하고 있다면."

그때 생각에 잠겨 있던 혁련천풍이 오랜 침묵을 깨고 입을 열었다.

침묵을 인지하고 있었다면 깨지 않았을 텐데, 깊은 생각 중에 한 가지 깨달음이 있어서 자신도 모르게 불쑥 말문을 열게 된 것이다.

혁련천풍은 호리와 가려가 자신을 쳐다보는 것마저 모르는 듯 생각을 계속하면서 말을 이었다.

"그리고 놈들이 우리의 이동 경로를 오십여 리 이내까지 예측하고 있다면 말이오."

그가 다음에 무슨 말을 할 것인지 조금쯤 예측하게 된 호리와 가려의 표정이 가볍게 굳어졌다.

"기다려도 참마검객이 함정에 걸려들지 않는다면, 직접 찾아 나서지 않겠소?"

호리는 정신이 번쩍 들었다. 어떻게 하면 마성군 이십육로에 잠입할 것인가만을 고심하느라 그처럼 간단한 이치를 망각하고 있었던 것이다.

그는 반사적으로 가려를 쳐다보았다. 그녀에게 수하들이 있다고 했으니, 그들에게서 별다른 보고가 없었느냐는 무언의 물음이었다.

가려는 담담한 얼굴로 고개를 가로저었다.

"수하들에게서 달리 보고가 없는 것으로 미루어 마황부 고수들은 아직 매복을 풀지 않고 있는 것이 분명해요."

혁련천풍이 고개를 갸웃거리면서 가려를 쳐다보았다.

"그렇다면 이상하지 않소?"

"뭐가 말이죠?"

"조금 있으면 동이 틀 것이오. 즉, 우리가 마성군 이십육로에 잠입하려고 했던 해시(亥時:밤10시)에서 무려 세 시진 반이나 지나고 있지 않소?"

"그렇군요."

"그런데 아직까지도 매복을 풀지 않고 있다는 것은 뭔가 이상하지 않소?"

그 물음에는 가려도 대답을 하지 못했다. 혁련천풍의 지적에 그녀도 비로소 그 점이 이상하다는 생각이 든 것이다.

"두 개의 로에 무려 이천육백여 명이 매복하고 있다면, 당연히 척후(斥候)나 경계, 염탐을 위한 별도의 고수들을 백여 명 이상 거느리고 있을 것이오."

무황성이라는 거대방파를 운영, 관리하던 혁련천풍의 분

석은 과연 날카로웠다.

"그 백여 명의 고수들이 세 시진 반 동안 매복지를 중심으로 주변을 염탐, 척후했다면 지금쯤 최소한 반경 백여 리 이상을 샅샅이 살폈을 것이오."

순간 호리의 뇌리를 뇌전처럼 강타하는 것이 있었다.

그는 가려를 보며 굳은 얼굴로 물었다.

"가려, 수하들에게서 마지막 보고를 접한 것이 언제지?"

가려의 얼굴빛이 흐려졌다.

"아까……. 우리가 이십육로 가까이에 접근했을 때가 마지막이었어요."

사실 가려는 수하들이 마황부 고수들을 감시하고 있으므로 안심하고 있었다.

매복을 풀든가, 그들이 어떤 행동을 취하는 즉시 수하들이 보고를 할 것이기 때문에 그때 행동을 취해도 늦지 않을 것이라고 다분히 여유를 갖고 있었던 것이다.

"가려, 수하가 모두 몇 명이지?"

"열 명이에요."

가려의 대답에 혁련천풍은 눈살을 찌푸리면서 자신도 모르게 억눌린 듯한 중얼거림을 흘렸다.

"고작 열 명으로……."

뒷말은 들어보지 않아도 뻔했다. '고작 열 명의 수하로 무려 이천육백여 명을 감시하게 했으며, 또한 우리들 목숨을 내

맡기고 있었느냐?'라는 은연중의 질책이었다.

그 말에 가려가 발끈하는 것은 당연했다. 그녀는 벌떡 일어서면서 혁련천풍을 쏘아보며 나직이 중얼거렸다.

"그들 열 명이라면 너희 무황각의 쓰레기 같은 떨거지들을 반 시진 만에 쓸어버릴 수 있어!"

무황성주, 즉 혁련천풍 남매의 부친인 혁련필의 거처가 바로 무황각이다.

그리고 그곳을 지키는 인물들은 무황성 최고수라는 무황천룡위와 오십 명의 천룡위사들이었다.

그런데 가려는 자신의 수하 열 명만으로 무황천룡위와 오십 명의 천룡위사들을 반 시진 만에 쓸어버릴 수 있다고 호언장담하고 있는 것이다.

단봉천기군 백 명은 봉황궁의 최정예다. 그녀들 세 명으로 무황천룡위를 제압할 수 있으며, 그녀들 한 명은 천룡위사 세 명을 상대할 수 있는 실력이다.

"당신! 너무 무례하군!"

혁련천풍도 벌떡 일어서면서 팔을 뻗어 가려를 가리키며 나직이 호통을 쳤다.

평소 성인군자 같은 그지만, 가려의 말이 이미 멸문한 무황성과 죽은 부친을 모욕하는 것 같아서 순간적으로 참을 수가 없었던 것이다.

그때 마침 혁련상예가 요리 그릇을 갖고 탁자로 다가오고 있었는데, 혁련천풍이 벌떡 일어나면서 팔을 뻗는 바람에 그녀가 들고 있던 요리 그릇이 바닥에 떨어져 산산이 깨지며 요리가 사방으로 튀었다.

쨍강!

"앗!"

혁련천풍과 가려는 일촉즉발의 상황에서 갑자기 요리 그릇이 떨어져 깨지는 바람에 움찔 놀라 바닥에 흩어져 있는 잔해들을 쳐다보았다.

호리는 아무 말도 하지 않고 묵묵히 앉아 있었다.

그때 혁련천풍의 얼굴이 붉어졌다. 자신의 방금 전 행동에 부끄러움을 느낀 것이다.

그는 앉아 있는 호리를 향해 포권을 하면서 깊숙이 허리를 굽혀 용서를 빌었다.

"죄송합니다. 용서하십시오."

가려도 미안한 표정을 지었으나 호리에게 용서를 구하지는 않고 분을 참느라 숨을 색색 몰아쉬어서 풍만한 젖가슴이 오르내렸다.

호리는 담담히 고개를 끄덕였다.

"가족끼리는 싸우지 말아야지."

혁련천풍은 허리를 펴고 이번에는 가려를 향해 정중히 포권을 하면서 고개를 숙였다.

"미안하오."

그는 자신이 먼저 가려를 모욕했으니 먼저 사과하는 것이 마땅하다고 생각했다.

그러나 가려는 말없이 혁련천풍을 노려보다가 휙 몸을 돌려 찬바람을 일으키면서 선실로 올라가 버렸다.

혁련천풍은 착잡한 표정으로 우두커니 서 있다가 다시 호리에게 공손히 허리를 굽혔다.

"죄송합니다, 보주."

중천문의 다른 수하들과는 달리, 오직 혁련천풍만이 호리를 보주로서 제대로 대우하고 있었다.

슥—

"지금은 이럴 때가 아닌 것 같네. 아무래도 마황부 놈들이 무슨 수작을 부리는 것 같으니 알아봐야겠어."

호리가 일어서면서 거기까지 말했을 때 선실로 올라갔던 가려가 다시 중간층으로 급히 달려 내려오며 모두에게 나직하고도 빠른 어조로 외쳤다.

"누가 찾아왔어요!"

第六十八章
단봉천기군(丹鳳天旗軍)

一擲賭乾坤

그녀 뒤에 따라오고 있는 사람은 한 명의 늙은 거지였다.

호리는 여전히 자리에 앉아서 늙은 거지를 쳐다보았다. 그러나 한 번도 본 적이 없는 얼굴이었다.

늙은 거지는 탁자 가까이 조심스럽게 다가왔다가 혁련천풍을 발견하고는 즉시 포권을 하며 가볍게 고개를 숙였다.

"노개가 대공자를 뵈오이다."

혁련천풍은 늙은 거지를 어디선가 본 듯했으나 생각이 잘 나지 않다가 그의 걸걸한 목소리를 듣고 적이 놀라는 표정을 지었다.

"무궁신개, 방주가 아니시오?"

늙은 거지는 개방의 방주인 무궁신개였다. 그가 난데없이 호리궁을 찾아온 것이다.

혁련천풍은 즉시 무궁신개를 가리키면서 호리에게 정중히 소개를 했다.

"보주, 개방 방주이신 무궁신개입니다."

호리는 그제야 무궁신개를 똑바로 쳐다보았다. 하지만 얼굴에는 놀라움이나 흔들림 같은 것이 떠올라 있지 않았다. 다만 담담한 표정일 뿐이었다.

무궁신개는 혁련천풍이 호리를 '보주'라고 호칭한 것에 대해서 다소 의아한 생각이 들었으나 개의치 않고 호리를 향해 포권을 하며 혁련천풍에게 인사했을 때처럼 가볍게 고개를 숙였다.

"무궁이라고 하오."

호리는 앉은 채 포권도 하지 않고 가볍게 고개를 끄덕이기만 했다.

"호리요."

무궁신개는 포권을 한 채 반 장 거리에서 물끄러미 호리를 응시했다.

사실 그는 개방 제자들에게 명령하여 꽤 오랫동안 호리궁을, 아니, 호리를 미행했다.

하지만 그것은 나쁜 의도가 아니었다. 호리라는 사람에 대해 알기 위해서 지켜보려는 것이었다.

석 달여 전, 낙녕현 포구에 있는 서태루라는 주루에서 호선, 아니, 봉황궁주 사도빙은 정천기와 무궁신개 등과의 만남을 가졌었다.

정천기조차 사도빙에게 잠시나마 무릎을 꿇는 판국에 무궁신개는 좌불안석 어찌할 바를 몰랐던 자리였었다.

그 자리에서 사도빙은 자신이 선황과의 삼현선로 중 첫째인 천현 진인에게 했던 제의를 정천기에게 똑같이 하겠다면서, 천하제패를 하지 않을 테니까 더 이상 자신을 추적하지 말라고 제의했었다.

정천기가 왜 갑자기 천하제패의 야망을 버리는 것이냐고 묻자 사도빙은 한 사내를 사랑하기 때문이라고 서슴없이 대답했었다.

그리고 그 사내의 이름이 '호리'라고 밝혔었다.

이후 초혈기가 검황루 최정예인 십검전단을 이끌고 나타나자 힘을 얻은 정천기는 사도빙과의 약속을 무시하고 그녀를 공격했으나 결국 실패로 끝나고 말았다.

그 싸움으로 정천기와 초혈기는 죽었거나 사도빙에게 제압되어 끌려갔을 것이다. 그리고 그곳에 있던 검황루 고수들은 전멸했었다.

무궁신개는 서태루에서 정천기가 사도빙 면전에서 꼬리를 사타구니 사이로 감춘 한 마리 개처럼 전전긍긍했던 광경을 똑똑히 보았었다.

그리고 그가 얼마나 비열하고 교활하게 행동했는지 지금도 생생하게 기억하고 있다.

그 당시에 무궁신개는 정천기와 검황루에 대해서 배신감 같은 것을 느꼈었다.

그래서 정천기와 초혈기가 검황루 고수들을 이끌고 사도빙을 공격할 때에도 무궁신개는 개방 제자들을 그 싸움에 가담시키지 않았었다.

이후 정천기와 초혈기, 검황루 고수들이 사도빙과 봉황삼절군에 의해서 전멸당한 사실을 확인한 무궁신개는 개방이 검황루의 그늘에서 벗어나야겠다고 결심을 굳혔다.

그는 그때부터 '호리'라는 인물에게 지대한 흥미를 느끼기 시작했다.

봉황옥선후 사도빙이 사랑하는 사내라고 서슴없이 말하는 사내이기 때문이었다.

그래서 개방 제자들에게 호리궁을 찾아내서 미행, 감시를 하라고 지시했다.

이후 두 달이 지났을 때부터는 무궁신개 자신이 직접 먼발치에서 호리궁과 호리의 행동을 지켜보기 시작했다.

그러므로 그는 호리가 바로 참마검객이며, 지난 석 달 동안 마황부 마성군 사십팔로에 잠입하여 싸우는 과정에서 팔백여 명의 마성 고수들을 주살했다는 사실에 대해서 누구보다도 잘 알게 되었다.

하지만 그가 단지 무림의 정의나 평화를 위해서 마황부를 공격하는 것인지, 아니면 또 다른 이유가 있어서 그러는 것인지에 대해서는 알지 못했다.

또한 그가 하오문인 구사문을 거느리고 있는 것이나, 혁련상예와 혁련천풍까지 데리고 있는 것에 대해서도 무엇 때문인지 몰랐다.

다만 호리가 혁련천풍 남매를 마풍사로군으로부터 구해주는 과정에서 참마검객이라는 별호를 얻었기 때문에, 그 인연으로 그들 남매를 다시 한 번 마황부로부터 구해주었을 것이라고 막연하게나마 추측하는 정도였다.

어쨌든 현재 무림의 거의 모든 관심이 참마검객에게 집중되어 있는 것만은 사실이었다.

그래서 마황부에 원한이 있거나 무림수호, 정의구현 등을 갈망하는 무림고수나 방, 문파들이 마황부 못지않게 혈안이 되어 참마검객을 찾고 있었다.

무림의 일각에서는 참마검객을 구심점으로 천하무림의 고수들이 하나로 뭉쳐서 마황부에 대항하는 무림맹(武林盟)을 세우자고 목소리를 높이기도 했다.

어쨌든 참마검객은 당금 무림에서 유일하게 마황부에 대적하면서도 승승장구하는 일인영웅(一人英雄)인 것만은 부인할 수 없는 사실이었다.

그래서 무궁신개는 지금쯤 자신이 나서야겠다고 생각했다.

그는 참마검객에 대한 사심 같은 것은 없다. 그저 그의 목적이 무엇인지를 알아보고, 할 수만 있다면 그를 적극적으로 도와주고 싶다는 진심에서였다.

문득 무궁신개는 탁자 아래 바닥에 쪼그리고 앉아서 깨진 접시 조각과 요리 찌꺼기를 치우고 있는 혁련상예를 발견하고 씁쓸한 표정을 지었다.

얼마 전까지만 해도 일국의 황녀 부럽지 않은 최고의 신분과 삶을 누렸던 한 소녀의 비참한 몰락을 보는 것 같아서 마음이 편하지 않았다.

그런데 혁련상예는 치우던 것들을 한 아름 안고 일어서다가 무궁신개를 발견하고는 환한 미소를 지어 보였다.

"개방 방주시라고요? 당신을 본 적은 없지만 대명은 익히 들었어요. 나는 혁련상예라고 해요."

"……."

일순 무궁신개는 약간 머리가 혼란스러웠다. 방금까지만 해도 그는 비참한 신세가 된 혁련상예를 동정했었는데, 지금 그녀는 너무도 환한 미소를 짓고 있지 않은가.

무궁신개는 적잖이 충격을 받은 표정으로 혁련상예를 보면서 그녀의 미소가 가식이라고는 생각하지 않았다. 그만큼 그녀의 미소와 눈빛, 얼굴은 행복에 가득 물들어 있었다.

사실 무궁신개는 예전에 몇 번인가 혁련상예를 본 적이 있었다. 다만 그녀가 무궁신개를 기억하지 못할 뿐이었다.

그 몇 번의 만남에서 무궁신개는 눈부시게 아름다운 강북선화 혁련상예를 보았었다.

하지만 그녀가 지금처럼 환한 미소를 짓는 것도, 행복해하는 모습도 본 기억이 없다.

그래서 무궁신개는 그녀가 무황성을 잃고 갈 곳이 없어서 호리에게 빌붙어 있는 것이 아니라는 사실을 깨달았다.

그런 것이라면 이렇게 행복한 표정을 짓고 있을 리가 없기 때문이다.

무궁신개가 이끌리듯이 혁련천풍을 쳐다보자 그 역시 건강하고도 밝은 표정이었다.

이윽고 무궁신개는 호리를 쳐다보았다. 개방의 방주가 찾아와서 인사를 하는데도 의자에서 일어나지 않고 의연히 앉아 있는 소년.

아니, 이제 십구 세의 어엿한 청년의 모습을 하고 있는 호리였다.

봉황궁주이며 우내십절의 한 명인 봉황옥선후 사도빙의 사랑을 한 몸에 받고 있으며, 무황성의 대공자와 삼소성주의 시중을 받고 있는 사내.

문득 무궁신개는 호리 앞에서 자신도 모르게 절로 위축이 되는 것을 느꼈다.

호리는 묵묵히 무궁신개를 응시하고 있을 뿐 그가 무엇 때문에 자신을 찾아왔는지 묻지 않았다.
 조급하게 묻지 않아도 말을 할 것이라는 사실을 알고 있기 때문이었다.
 무궁신개는 그 역시 대인의 풍모라고 여겼다.
 "우선 이곳을 피하는 것이 좋겠소."
 무궁신개는 거두절미하고 호리에게 떠날 것을 종용했다.
 그런데도 호리는 서두르는 기미가 없었다. 그저 담담히 무궁신개를 응시하며 그의 다음 말을 기다릴 뿐이었다.
 "마성군 이십육로와 이십팔로 주변에 매복하고 있던 마황부 고수들이 이곳으로 대거 몰려오고 있소이다."
 그렇게 말을 하면서 무궁신개는 호리의 얼굴에서 시선을 떼지 않았다.
 그가 이번에는 반응을 보일 것이라고 여겼지만 무위로 끝나고 말았다.
 다만 호리의 동공이 가볍게 한 차례 흔들리는 것을 발견한 정도로 만족해야 했다.
 호리는 여전히 침묵으로 무궁신개의 다음 말을 기다렸다.
 무궁신개가 무엇 때문에 그런 사실을 직접 찾아와서 알려주는 것인지 의도를 알아내려는 것이었다.
 가려와 혁련천풍 남매는 무궁신개가 은연중에 호리를 시험하고 있다는 사실을 간파하고는 알 듯 모를 듯한 미소를 지으면서 지켜보고 있었다.

호리가 무공보다는 기개에서 사람을 더 압도한다는 사실을 모두 잘 알고 있는 것이다.

실내의 사람들 중에서 마황부 고수들이 몰려오고 있다는 사실 때문에 무궁신개만 초조해하는 것 같았다.

사십팔 회씩이나 마황부 고수들과 쫓고 쫓기는 싸움을 벌였던 호리는 느긋한 편이었고, 그를 전적으로 신뢰하고 있는 가려와 혁련천풍 남매 역시 태연했다.

그러나 가려는 내심으로 적잖이 긴장하고 있었다. 수하들이 감시하고 있는데 마황부 고수들이 몰려오고 있다니까 그런 것이다.

"단봉……."

무궁신개는 가려를 보면서 정중한 어조로 말하려다가 급히 말을 흐렸다.

가려가 그에게 전음을 보냈기 때문이다.

"이 사람들은 궁주와 내 신분을 모르니까 잘 알아서 말을 하도록 하세요."

그녀는 호리 뒤에 서 있었기 때문에 무궁신개에게 전음을 보내는 것을 아무도 눈치 채지 못했다.

또한 무궁신개가 그녀를 쳐다보는 시간을 극히 짧았기에 그 순간을 파악한 사람 역시 없었다.

강호에서 꽤 오래 활동했던 가려는 당연히 무궁신개를 잘 알고 있다.

그러나 그녀는 검황루 휘하라고 할 수 있는 개방 방주 무궁신개가 과연 무엇 때문에 호리를 찾아왔는지에 대해서는 알 수가 없었다.

다행히 호리 등은 무궁신개가 '단봉'이라고 꺼낸 첫 마디에 대해서 그다지 신경을 쓰는 것 같지 않았다.

무궁신개는 머릿속으로 재빨리 염두를 굴린 후에 가려를 보면서 말문을 열었다.

"마성군을 감시하던 당신 수하들은 발각되어 현재 그들과 싸우고 있는 중이오."

순간 가려의 얼굴이 가볍게 흔들렸다. 자신의 수하들, 즉 열 명의 단봉천기수들이 고강하기는 하지만 수천 명의 마황부 고수들을 당적해 낼 정도는 아니다.

수하들이 발각되어 싸우고 있느라 마황부 고수들이 이곳으로 몰려오고 있는 것을 가려에게 알려주지 못한 것이다.

호리와 혁련천풍 남매, 무궁신개는 가려를 주시하고 있었다.

가려의 머리에 제일 먼저 떠오른 것은 한시바삐 이곳을 떠야 한다는 것이었다.

"보주, 서둘러야 해요."

그녀는 꼿꼿하게 앉아 있는 호리의 뒷머리를 굽어보면서 종용했다.

그렇지만 목소리는 그다지 다급하지 않았다. 그것은 오랫

동안 봉황궁 사인자의 자리에 있었기 자연적으로 쌓인 침착함 때문이었다.

무궁신개는 봉황궁 단봉군주인 가려가 호리를 '보주'라고 부르며 마치 수하처럼 행동하는 것을 보고 적이 놀라면서도 의아하게 생각했다.

슥—

"그래, 가자."

이윽고 호리가 일어서며 짧게 말했다.

"배를 출발시켜라!"

가려는 즉시 전통에 대고 선실에서 대기하고 있는 수하에게 명령했다.

호리가 빠른 동작으로 계단을 달려 올라가자 가려와 혁련천풍 남매, 무궁신개가 뒤를 따랐다.

은초가 남겨두고 간 중천보의 수하 한 명이 포구에 묶어놓은 호리궁의 밧줄을 익숙한 솜씨로 풀고 있었다.

앞 갑판에 우뚝 선 호리는 고요에 잠겨 있는 평도현 쪽을 주시하면서 나직이 입을 열었다.

"방주, 혹시 개방 제자들이 이곳에 있는 마황부 고수들을 감시하고 있소?"

"그렇소."

호리 왼쪽에 서 있는 무궁신개가 고개를 끄덕였다.

"그렇다면 어느 방향으로 도주해야 안전할는지도 알고

있소?"

호리는 무궁신개가 찾아와서 마황부 고수들의 공격을 알려준 이유는 모르지만, 최소한 그가 악의를 갖고 있지 않다는 사실 정도는 짐작할 수 있었다.

무궁신개는 다시 고개를 끄덕였다.

"그렇소."

"배를 버리고 가야 하오?"

"아니오. 마황부 고수들은 아직 이 배의 존재까지는 모르고 있는 듯하오. 그러니까 배를 타고 도주하는 쪽이 오히려 안전할 것이오."

호리는 자신의 왼편에 바짝 붙어 서 있는 혁련상예를 쳐다보며 부드럽게 말했다.

"상예야, 마황부 수중에서 벗어나면 제남성 포구에서 기다리고 있어라."

"보주……."

그의 뜬금없는 말에 혁련상예는 물론 모두 놀란 얼굴로 그를 쳐다보았다.

그러나 호리는 그들의 놀라움은 개의치 않고 가려와 혁련천풍에게 지시했다.

"두 사람은 날 따라오게."

휙!

이어서 그들의 대답도 듣기 전에 포구로 훌쩍 신형을 날려 쏘아갔다.

영문은 모르지만 따라오라고 했으니 두 사람은 호리를 따라 분분히 신형을 날렸다.

혁련천풍은 포구에 내려서자마자 뒤돌아보며 무궁신개에게 말했다.

"방주, 상예를 부탁하오."

"염려하지 마시오."

포구를 벗어나고 있는 호리궁 갑판에서 무궁신개는 고개를 끄덕여 보였다.

그는 이로써 호리와의 첫 대면이 생각했던 것보다 순조로웠다고 스스로 평가했다.

만약 그가 혁련상예와 호리궁을 마황부 고수들로부터 안전하게 피신시키게 된다면 호리에게 약간의 신뢰도 얻을 수 있을 터이다.

그는 호리가 가려와 혁련천풍을 이끌고 가려의 수하들을 구하러 갔을 것이라고 짐작했다.

아마도 대부분의 사람들은 이런 상황에서는 자신의 안위를 먼저 생각하여 도주를 택할 것이다.

그런데도 호리는 가려의 수하들을 구하러 갔다. 그것이 또 한 번 무궁신개의 마음을 흔들었다.

여태껏 그가 알고 있는 호리에 대한 정보는 항주성의 협잡꾼이 전부였었다.

그렇지만 호리를 직접 보니까 그것은 크게 잘못된 정보였다. 호리가 항주성에서 협잡과 사기를 일삼은 것은 사실이겠지만, 거기에는 반드시 무언가 사정이 있었을 것이다.

그는 잠룡(潛龍)이 분명하다. 지금 드러난 것은 빙산의 일각일 터이다.

"어딜 가는 거예요?"

가려는 불길한 느낌을 떨치려고 애쓰면서 호리 곁에 바짝 따라붙으며 물었다.

"네 수하들을 구해야지."

호리는 당연하다는 듯한 얼굴로 대답했다.

가려의 불길함이 들어맞았다. 그녀는 말도 안 된다는 듯 약간 언성을 높였다.

"저는 그녀들을 이미 포기했어요! 그러니 당장 호리궁으로 돌아가서 이곳을 벗어나야 해요!"

호리는 힐끗 가려를 쳐다보았다.

"수하가 여자들이었어?"

가려가 '그녀들'이라고 말했기 때문이다.

"네."

가려는 아차 하는 표정을 지었으나 순순히 시인했다.

"어쨌든 나를 돕다가 위험에 처한 사람을 모른 체하는 것은 말도 안 된다."

"하지만 거긴 사지예요. 갔다가는 우리까지 죽게 될 거라고요. 그런 간단한 이치도 모르는 거예요?"

가려는 답답하다는 듯 뾰족하게 외쳤다.

"그녀들을 모른 체하고 돌아서는 순간부터 내 영혼은 죽은 것이나 다름이 없다. 너는 내가 그렇게 한평생 살아가기를 바라는 것이냐?"

가려는 할 말을 잃었다. 솔직히 그녀들을 살리고 싶은 마음은 호리보다 가려가 더 간절할 것이다.

단봉천기수들은 가려와 수년 동안 동고동락을 하며 무수한 싸움터를 누볐었다.

평소에 가려는 백 명의 단봉천기수들 모두의 이름과 성격, 무공 수위, 가족사항 같은 것들까지 파악하고 있을 정도로 수하들을 아꼈었다.

형제와도 같은 그녀들을 사지에 버려두고 떠나야 하는 그녀의 가슴은 찢어져서 핏물이 흐르고 있었다.

하지만 그보다 더 중요한 것이 호리의 안위였다. 무슨 일이 있어도, 어떤 대가를 치르더라도 호리를 안전하게 호위하는 것이 가려의 임무인 것이다.

굳이 호선의 명령이 아니더라도, 가려는 자신의 목숨을 바치는 한이 있더라도 호리를 보호하고 싶었다.

아마도 그것은 그녀가 호리에게 품고 있는 사적인 감정 때문일 터이다.

"총호법, 보주의 말씀이 옳소. 총호법은 보주의 수하이니, 그녀들도 보주의 수하나 다름이 없소. 설마 총호법은 보주를 위험에 처한 수하를 버리고 도주하는 비겁한 분으로 만들려는 것이오?"

정의나 신의라면 타의 추종을 불허하는 혁련천풍도 한몫 거들고 나섰다. 이런 상황에서 그는 가려에게 아무런 도움이 되지 못했다.

그러나 가려는 호리를 사지로 가도록 내버려 둘 수 없었다. 가족 같은 단봉천기수를 백 명 모두 죽이더라도 호리는 반드시 살려야만 하기 때문이다.

"하지만 보주……."

"한마디만 더하면 가려, 너를 버리겠다."

"……."

호리의 단호한 말에 가려는 입을 다물 수밖에 없었다.

호리 일행은 처음에 마성군 이십육로에 갔을 때보다 더 크게 평도현을 우회해서 달렸다.

무궁신개는 마황부 고수들이 아직 호리궁의 존재는 모르고 있을 것이라고 말했었다.

그렇다면 놈들은 참마검객을 찾으려고 넓은 지역을 수색하고 있을 것이다.

그런 상황에서 물고기가 강물을 거슬러 오르듯, 놈들을 마주한 상태에서 달려간다면 십중팔구 발각되고 말 것이다.

옛말에도 바쁠수록 돌아가라고 했다. 다행히도 호리 일행은 마성군 이십육로를 십여 리 정도 남겨둔 지점까지 오는 동안 마황부 고수와 한 번도 마주치지 않았다.

"숲 속이에요."

호리가 무엇인가를 감지했을 때 가려가 우측의 숲 속을 가리키면서 빠른 어조로 전음을 보냈다. 그녀도 호리와 같은 것을 감지한 것이었다.

그 즉시 세 사람은 초원지대를 벗어나 쏜살같이 숲 속으로 쏘아들었다.

숲 속 먼 곳에서 들려오는 소리는 무기가 허공을 찢는 날카로운 파공음과 거친 숨소리였다.

모두 열다섯 명이었고, 열다섯 자루의 무기가 허공을 가르는 파공성과 열다섯 명의 숨소리였다.

그중에서 한 사람의 숨소리가 유달리 가장 거칠고 불안했다. 호리는 그 숨소리의 임자가 가려의 수하이며, 중상을 입은 상태에서 열네 명의 마황부 고수들에게 협공을 당하고 있을 것이라고 간파했다.

거리는 칠팔 리 정도. 호리 일행은 전력을 다해서 숲을 가로질렀다.

"악!"

얼마나 달렸을까. 갑자기 가까운 곳에서 여자의 다급한 비명이 들려왔다.

호리 등은 그 비명 소리가 가려의 수하일 것이라 직감하고 가일층 빠른 속도로 쏘아갔다.

숲 바닥에 철로고수와 마풍사로군 시체들이 드문드문 쓰러져 있는 것이 눈에 띄었다.

수하들을 버리고 가겠다고 고집을 부렸던 가려가 지금은 선두에서 쏘아가고 있었다. 사실 그녀도 내심으로는 수하들이 걱정됐던 것이다.

다섯 호흡쯤 지났을 때 호리 일행은 숲의 조그만 공터에 이르렀다.

아니, 그곳은 원래 나무들이 울창했는데 싸우는 과정에서 나무들 수십 그루가 통째로 베어져 쓰러지는 바람에 작은 공터로 화한 것이다.

호리가 가장 먼저 발견한 것은 홍의경장 차림의 한 소녀가 왼손으로 옆구리를 움켜쥔 채 금방이라도 쓰러질 듯 비틀거리면서 물러나며 결사적으로 오른손의 검을 휘두르는 다급한 광경이었다.

옆구리를 움켜쥔 소녀의 작고 흰 손가락 사이로 새빨간 피가 뭉클뭉클 흘러나오고 있었다.

더구나 소녀는 옆구리뿐만 아니라 어깨와 등, 허벅지에도 찔리고 베인 상처를 입은 상태였다.

호리는 그 소녀가 가려의 수하일 것이라고 어렵지 않게 직감할 수 있었다.

공터에는 마황부 고수들 시체 십여 구가 여기저기 어지럽게 쓰러져 있었다.

소녀, 즉 단봉천기수는 마성군 이십육로 주변에 매복해 있는 마황부 고수들의 남쪽을 감시하는 임무를 맡고 있었는데, 발각되어 이곳까지 십여 리를 도주해 오는 동안 이미 백오십여 명의 마황부 고수들을 죽였다.

그러나 대부분 철로정병, 즉 철로고수들이고 마풍사로군은 십여 명에 불과했다.

단봉천기수는 일당백의 초일류고수들이다. 그녀들 두 명으로 검황루의 장로인 정천기와 초혈기를 마음대로 갖고 놀았을 정도였다.

그런 그녀가 도주를 하면서 백오십여 명의 마황부 고수들을 죽인 것은 결코 우연이 아닌 실력인 것이다.

지금 이곳에서는 다섯 명의 마풍사로군과 삼십여 명의 철로고수들이 한 명의 단봉천기수를 포위한 채 집중 공격을 퍼붓고 있는 중이었다.

단봉천기수는 극도로 탈진한 상태에서 방금 전에 옆구리를 깊게 베이는 상처를 입었기 때문에 검을 휘두르는 것조차도 힘에 겨운 상황이었다.

땀이 비 오듯이 흐르는 창백한 얼굴에는 극도의 절망감이 가득 떠올라 있었다.

쉬잇!

순간 하나의 백영이 비틀거리면서 물러나는 단봉천기수의 뒤쪽에서 쏘아와 그녀의 머리 위를 낮게 날아 넘는가 싶더니 막 그녀의 상체와 목을 향해 도를 휘두르고 있는 한 명의 마풍사로군과 두 명의 철로고수를 덮쳐 갔다.

파파팍!

"크악!"

"흐왁!"

백영이 번쩍 수중의 검을 그어대자 그들 세 명의 목이 뎅겅 잘라지고 가슴과 등에서 피 분수를 뿜으면서 튕겨졌다. 검기가 가슴을 관통해 버린 것이었다.

백영은 단봉천기수를 등지고 앞에 내려서자마자 또 다른 자들에게 눈부신 초식을 쏟아냈다.

단봉천기수는 깜짝 놀랐다가 백영의 뒷모습을 발견하고 더없이 반가운 표정을 떠올렸다.

'군주!'

다음 순간 장내에 호리와 혁련천풍이 들이닥치며 지체없이 마풍사로군과 철로고수들을 공격했다.

급습을 당할 것이라고는 추호도 예상하지 못했던 마황부 고수들은 가려와 호리, 혁련천풍의 급습에 순식간에 십여 명이 피를 뿌리며 나뒹굴었다.

마황부 고수들이 우왕좌왕하는 사이에 호리와 가려, 혁련천풍은 물 만난 물고기처럼 좌충우돌하며 일 초식에 적 한 명씩 어김없이 거꾸러뜨렸다.

호리는 절세의 보법인 산영보를 밟으면서 수중의 칠룡검으로 신들린 듯이 휘둘러 비전검법의 비화검과 전쾌검을 번쩍번쩍 뿜어냈다.

검법만 전개하는 것이 아니었다. 왼손과 두 다리로는 봉황등천권을 펼쳤다.

말하자면 그의 온몸에서 봉황궁 사도가문의 절학이 마구 쏟아져 나가고 있는 것이었다.

한 사람에게서 검법과 권각법이 함께 전개되면 부조화를 이루기 십상인데 호리는 그렇지 않았다.

마치 비전검법과 봉황등천권이 원래 한 초식인 것처럼 더없이 자연스럽게 펼쳐져서 마풍사로군과 철로고수들을 여지없이 쓰러뜨렸다.

혁련천풍은 무황성 혁련가문의 절학들을 유감없이 발휘하고 있었다.

그 역시 가공할 위력을 지니고 있지만, 봉황궁 사도가문의 절학에는 약간 못 미치는 경향이 있었다.

더구나 호리는 사도가문의 절학들을 완벽하게 이해하고 연마했기 때문에 그가 전개하는 무공이 혁련천풍보다 훨씬 고강해 보였다.

'봉린전황검(鳳鱗電凰劍)에 이어서 난봉산화수(鸞鳳散花手)

까지! 도대체 궁주께서는 저 사람에게 사도가문의 절학을 얼마나 전수하셨다는 말인가?

가려는 마황부 고수들에게 공격을 퍼붓다가 힐끗 호리를 보면서 적잖이 놀라 혀를 내둘렀다.

호리가 비전검법이라고 이름을 붙인 검법은 원래 봉린전황검이고, 봉황등천권은 난봉산화수였다.

단봉천기수 역시 가려의 보호를 받으면서 헐떡거리며 숨을 고르고 있다가 호리가 전개하는 초식들을 발견하고 얼굴에 놀라움이 가득 떠올랐다.

가려는 자신이 호리보다 공력이 조금 높기 때문에 무공에서 우위를 차지하고 있지만, 오래지 않아서 호리가 자신을 능가하는 고수가 될 것을 확신했다. 그가 배운 무공이 가려보다 월등하게 뛰어난 것이기 때문이다.

약 반 각이 채 지나기도 전에 호리와 가려, 혁련천풍은 삼십오 명의 마풍사로군과 철로고수들을 모조리 주살하고 공격을 멈추었다.

전력을 쏟아냈기 때문에 세 사람은 호흡이 약간 거칠어졌지만 공력이 많이 허비된 상태는 아니었다.

호리는 즉시 단봉천기수 앞으로 달려가 물었다.

"다른 사람들은 어떻게 됐소?"

단봉천기수는 호리가 누군지 잘 알고 있다. 그녀는 대답을 하지 못하고 가려의 얼굴을 쳐다보았다.

가려가 고개를 끄덕이자 단봉천기수는 비로소 입을 열었다.

"열 명 중에서 네 명이 죽는 것을 직접 목격했습니다. 저를 비롯한 여섯 명은 각기 뿔뿔이 흩어졌는데, 현재로서는 가장 가까이에 있던 두 명의 위치밖에 모릅니다."

이어서 그녀는 동료 두 명이 도주한 방향을 가리키고는 더 이상 지탱을 힘이 없는지 쓰러지듯이 그 자리에 털썩 주저앉고 말았다.

"가려, 그녀를 보살핀 후에 오도록 해."

호리는 말을 끝내자마자 단봉천기수가 가리킨 방향을 향해 무풍신을 전개하여 나는 듯이 쏘아갔고, 그 뒤를 혁련천풍이 바짝 따랐다.

백 명의 단봉천기군은 열 개의 조(組)로 이루어졌고, 일봉(一鳳)부터 백봉(百鳳)까지 순번이 정해져 있다.

단봉군주 가려가 호리를 돕기 위해서 데리고 온 열 명은 제일조로서 조장을 비롯하여 일봉부터 십봉이었다. 단봉천기군 백 명 중에서도 최정예였다.

일조의 조장은 단봉천기군의 부군주다.

지금 그녀는 사십오 명의 마풍사로군과 이백여 명의 철로고수들에게 겹겹이 둘러싸인 채 혼자서 치열하게 고군분투하고 있었다.

부군주는 이곳까지 도주해 오는 동안에 이미 삼십여 명의 마풍사로군과 이백여 명이 넘는 철로고수들을 죽였다.

그리고 그녀 주변에는 그녀의 검과 채찍에 죽은 마황부 고수들이 족히 사십여 명은 넘을 듯했다.

부군주는 키가 매우 컸다. 그렇다고 역사(力士)처럼 기골이 장대하지는 않았다. 늘씬한 체구에 모든 것이 시원시원하게 생겼다.

이십삼사 세가량의 나이. 원래는 긴 머리를 등 뒤에서 하나로 모아 묶었는데, 지금은 머리끈이 어디론가 날아가 버려서 그녀가 움직일 때마다 삼단 같은 머리카락이 이리저리 나풀거렸다.

그녀의 동작은 군더더기가 하나도 없이 경쾌했으며 필요한 만큼만 움직였다.

마치 키 큰 수양버들의 가지가 바람에 흔들리는 것처럼 너울거렸다.

오른손에는 검을, 왼손에는 검은 채찍을 쥐고 각자 다른 초식으로 휘두르고 있는데, 각자의 무기에서 흘러나오는 파공음이 고막을 찢을 듯이 날카로웠다.

그녀는 이미 온몸에 십여 군데 이상 상처를 입은 상태에서 피를 철철 흘려 혈인(血人) 같은 모습으로 어금니를 악다문 채 비틀거리지도 물러서지도 않으며 고군분투하고 있었다.

사십오 명의 마풍사로군과 이백여 명의 철로고수들은 자

신들이 수적으로 훨씬 유리한데도 부군주의 기세가 워낙 대단해서 일 장 이내로 함부로 접근도 하지 못한 채 주위만 맴돌고 있는 상황이었다.

그렇지만 마황부 고수들은 그다지 서두르지 않았다. 부군주가 자신을 방어하기 위해서 양손의 검과 채찍을 전력으로 휘두르고 있기 때문에 오래지 않아서 탈진할 것이라는 사실을 예감하고 있는 것이다.

그런 사실은 누구보다도 부군주가 더 잘 알고 있었다. 하지만 방어를 하지 않을 수가 없었다.

마황부 고수들은 그녀의 주위를 돌면서 끊임없이 공격을 퍼붓고 있었다.

물론 그들은 수적으로 우세하기 때문에 계속 교대를 하고 있는 상황이고, 부군주는 혼자라는 점이 달랐다.

사실 그녀는 이미 너무 많은 피를 흘렸으며, 이 갑자 이십 년, 즉 백사십 년에 달하는 공력이 거의 고갈되어 삼분의 일 수준밖에 남아 있지 않은 상태였다.

이런 상태로 계속 간다면 그마저도 일각 안에 고갈되고 말 것이다.

하지만 지금 이 상황에서는 이곳을 탈출할 수 있는 아무런 방법이 없었다.

쉬쉬쉭!

쏴아아아!

마황부 고수들은 부군주의 주위를 맴돌면서 위협적인 공격을 퍼부어댔고, 부군주는 그것을 막기 위해서 전력으로 검과 채찍을 휘두르는 악순환이 계속되고 있었다.
　"하아아……. 하아……."
　마침내 그녀의 악다물었던 입이 벌어지면서 거친 숨소리가 흘러나왔다.
　채채챙!
　그리고 그것이 신호인 듯 검을 들어 몇 차례 공격을 막던 그녀가 비틀거리면서 두어 걸음 물러났다.
　순간, 그때를 기다리고 있던 마황부 고수들의 공격이 사방에서 소나기처럼 쏟아졌다.
　일순간 부군주의 얼굴에 당황이 스쳤다. 그러나 그것은 곧 사라지고 그녀는 어금니를 힘껏 악물면서 두 눈에서 새파란 살기를 뿜어냈다.
　"이놈들……!"
　그녀는 자신의 최후가 찾아왔음을 깨달았다. 그러나 절망하지 않았다. 그 대신 한 명이라도 더 죽이겠다는 각오를 했다.
　그녀는 마황부 고수들에게 제압될 생각은 터럭만큼도 없었다. 제압된다면 이리저리 끌려 다니면서 배후를 캐기 위해서 모진 고문을 당할 것이 뻔하다.
　"으드득! 덤벼라!"

그녀는 자신을 향해 사방에서 덮쳐 오는 마풍사로군 세 명과 철로고수 다섯 명, 도합 여덟 명을 향해 한꺼번에 검과 채찍을 휘두르며 사납게 외쳤다.

쐐애액! 쌕! 쌕!

다섯 명의 도가 거의 한순간에 부군주의 온몸을 향해 무섭게 쏟아져 왔다.

순간 부군주는 자신이 한꺼번에 여덟 명을 상대할 수 없음을 깨닫고 그중 마풍사로군 한 명에게 검을, 철로고수 한 명에게 채찍을 맹렬하게 휘둘러 갔다.

그녀는 그것으로 끝이라고 생각했다. 자신의 저승길에 고작 마풍사로군 한 명과 철로고수 한 명을 동반하는 것은 억울하지만, 그것으로 위안을 삼았다.

쐐애액!

그러나 그녀의 검과 채찍이 목표로 삼은 자들에게 닿기도 전에 두 명의 마풍사로군의 도가 먼저 그녀의 머리와 목을 베어오고 있었다.

퍽! 퍽!

그 순간 그녀의 머리와 목을 베어오던 두 자루 도가 뚝 멈추었다.

아니, 멈추는가 싶더니 쏜살같이 뒤로 튕겨졌다. 도를 쥔 두 명의 마풍사로군이 강한 충격으로 튕겨져 날아갔기 때문이다.

팍! 촤악!

"커흑!"

"흐악!"

그녀는 자신의 검과 채찍에 적중되는 두 명은 내버려 둔 채 튕겨져 날아가는 두 명의 마풍사로군을 쳐다보았다.

그리고는 그 두 명의 미간 한복판에 똑같이 동전 크기의 구멍이 뻥 뚫려 있는 것을 발견했다.

'검기!'

그녀가 움찔 놀라고 있을 때, 허공에서 비스듬히 푸른 비늘 같은 것들이 우박처럼 쏟아져 내렸다.

파파파꽉!

그리고 그것들은 그녀를 공격하던 나머지 네 명의 온몸에 고슴도치의 바늘처럼 쏘셔 박혔다.

척!

그들이 쓰러지기도 전에 허공에서 뚝 떨어져 내린 한 사람이 부군주 바로 앞에 등을 보인 채 가볍게 내려섰다.

그녀는 자신 앞에 서 있는 키가 크고 체격이 딱 벌어진 한 사내를 보면서 직감적으로 그가 방금 마황부 고수들을 죽였을 것이라고 생각했다.

그때, 그 사내가 고개를 돌려 부군주를 쳐다보았다.

그의 얼굴을 발견하는 순간 부군주는 철렁 심장이 멎을 만큼 경악했다.

"호리!"

호리가 싱긋 건강하게 미소 지었다.

"이제 우리가 이놈들을 혼내줍시다."

『일척도건곤』 7권에 계속…

적포용왕

김운영
新무협 판타지 소설

『신마대전』『흑사자』의 작가 김운영
그가 낚아 올리는 무협의 절정
낚시 신동 백룡아! 장강에서 천존과 맞짱 뜨다

적포천존(赤布天尊)
고금제일강(古今第一강)
인칭타자연재해(人稱他自然災해)
40세 이후로 상대가 누구든 몇 명이든
한 번도 패하지 않고 모두 이긴 적포천
70세 중반에 반로환동하여 무림인들을
절망에 빠뜨린 그가 말년
제자를 만들어 말년에 호강할 계획을 세운

천하에 두려울 것이 없는 '자연재해'
그의 제자들이 무림에 나타났

화산검종

세상을 보는 또 하나의 창 - inthebook.net
유행이 아닌 자유추구 - chungeoram.net
Book Publishing CHUNGEORAM

華山劍宗

한성수 新무협 판타지 소설

문피아 최단기간 골든 베스트 1위!!
선호작 1위!! 평균 조회수 3만의
『화산검종』!!!

『무당괴협전』, 『태극검해』, 『만검조종』……
연이은 대작들의 감동을 넘어설 또 하나의 도전!!

작가 한성수가 야심차게 준비한
구대문파 시리즈의 출사표!!

그날 나는 죽었고 모든 것은 변하기 시작했다!

오 년 전의 싸움으로 내공이 전폐되고 목숨보다 소중했던
자하신공과 자하구벽검을 잃었다.
저주처럼 심장에 틀어박힌 구마련주의 마정을 품은 채
화산에 드리운 그늘을 벗기 위해 산을 내려온 운검.

하지만 그것은 끝이 아니라 또 다른 시작이었다!!

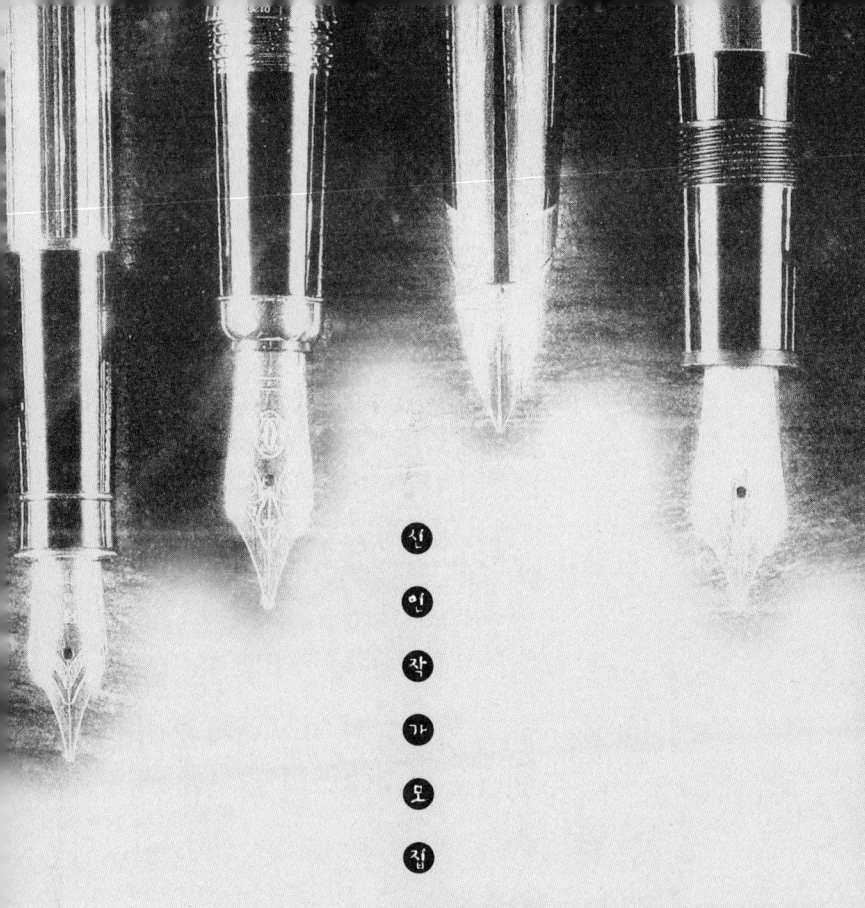

신 인 작 가 모 집

**시작이 반이라고 했습니다.
작가의 길에 대한 보이지 않는 벽을 과감히 깨뜨리십시오!
청어람은 작가 지망생 여러분들의
멋진 방향타가 되어드리겠습니다.**

저희 도서출판 청어람에서는
소설 신인 작가분들을 모집합니다.
판타지와 무협을 사랑하시는 분들의 많은 참여를 바랍니다.
소정의 원고(A4용지 150매)를 메일이나 우편으로 보내주시면
검토 후 출판 여부를 알려드리겠습니다.

주소:경기도 부천시 원미구 심곡1동 350-1 남성B/D 3F 우편번호420-011
TEL:032-656-4452 · **FAX**:032-656-4453
http://**www.chungeoram.com**
e-mail:chungeoram@chungeoram.com

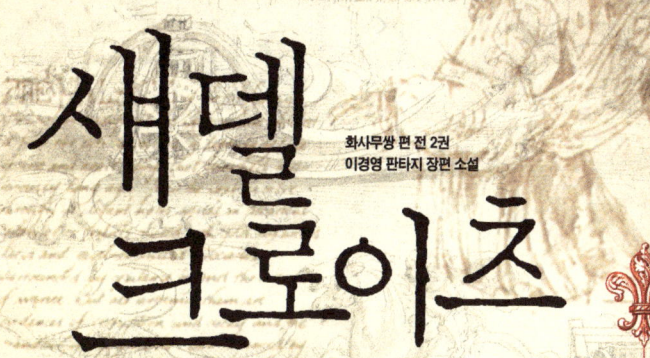

새델
크로이츠

화사무쌍 편 전 2권
이경영 판타지 장편 소설

『가즈나이트』의 명성과 신화를 넘어설
이경영의 판타지의 새로운 상상력!

자신만의 독특한 세계관을 창조한 작가
이경영의 새로운 도전과 신선한 충격.

바란투로스의 특수부대 새델 크로이츠의 리더 파렌 콘스탄.
야만족을 돕는 안개술사를 물리치기 위해 아시엔 대륙에서 온
불을 뿜는 요괴 소녀 카샤.
너무나 다른 두 사람이 운명의 길에서 만나다.
친구란 이름으로 시작된 모험, 그 앞에 놓인 난관과 운명의 끈은
어떻게 될 것인지……

"질투가 날 만도 하지.
요괴가 산신령을 엄마로 두는 건 흔한 일이 아니거든.
괜찮다, 파렌. 본좌가 아는 요괴들 전부 본좌를 질투하고 부러워하니까."
소녀는 손에 잔뜩 받은 빗물을 훌쩍 마셨다.
파렌은 그 순수함에 웃음을 흘렸다.
그는 지금까지 자신이 봤던 그녀의 기이한 행동들을 어렴풋이나마 이해할 수 있을 것 같았다.
그렇게 친구가 된 둘은 그 길로 긴 여행을 떠나게 된다.

-본문 중에-

세상을 보는 또 하나의 창 - inthebook.net
유행이 아닌 자유추구 - chungeoram.net

Book Publishing CHUNGEORAM

학교에서는 가르쳐주지 않는
10대들을 위한 **인생수업**

작가 : 이빙 | 역자 : 김락준

10대들을 위한 나침반 같은 인생 교과서!
사회 초입에 들어서게 될 청소년들에게 들려주는
100가지 인생 이야기

내 인생의 방향잡기!
여행길에 오르기 전에 접해보자!

100가지 이야기, 100가지 명언

사람은 태어나면서부터 각기 다른 모습으로, 각기 다른 사고로 "인생"이라는
여행길에 오르게 된다. 내가 지금 서 있는 이 위치에서 그리고 사회라는 공간에서
한 사람의 몫을 당당하게 해낼 수 있는 역량을 키워나가기 위해서는 어떠한 생각을
가지고 있어야 하는 걸까.

늦지 않게 준비하자! 스스로의 마음가짐이 자신의 미래를 결정한다!

설레는 마음으로 떠난 길일지라도 기존에 생각하고 있던 것과는 다르게 흘러가는
사회의 모습에 당혹스럽기도 할 것이다.
그러한 곳에 발을 들여놓기 위해 첫 발걸음을 막 뗀 청소년이라면 학교에서는
미처 배우지 못한 상황에 더욱이 큰 혼란스러움을 느낄 수밖에 없다.
시간이 흐를수록 사회가 한 인간에게 요구하는 것은 다양하고 세밀해지고 있다.
그러한 사회 속에서 자신만이 앞으로 나아가지 못해 제자리걸음을 하게 된다면 어떠할까.
미리 대비를 하지 않는다면 당신 역시 그러한 현상에 빠지는 또 한 명의 사람이 되고 말 것이다.

책장을 넘기는 순간, 책과 당신의 공감대가 형성된다!

적응을 위해 도움이 될 만한
인생의 지혜와 경험, 깨달음이 한가득 담겨있다.
그 속에 담긴 100가지 이야기 그리고 그와 관련된 100가지의 명언은
가슴 깊이 새겨 놓고 되뇌어 보기에 충분하다.

Book Publishing CHUNGEORAM

세상을 보는 또 하나의 창 - inthebook.net
유행이 아닌 자유추구 - chungeoram.net

**공부하는 감각의 차이가 자녀의 미래를 결정한다.
이 시대가 필요로 하는 명품 인재 만들기!**

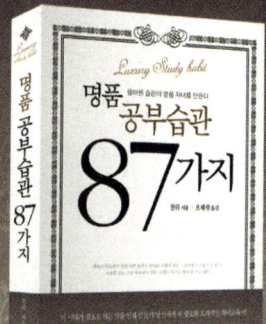

Luxury Study habit

명품 공부습관 87가지

올바른 습관이 명품 자녀를 만든다

저자 : 친위
역자 : 오혜령

❀ 똑소리 나는 부모의 똑소리 나는 자녀 교육법!

어린 시절의 습관은 평생을 결정한다.
제대로 바로잡지 못한 나쁜 습관은 자녀의 미래에 검은 그림자를 드리울 수도 있다.
대부분의 부모들은 아이의 잘못된 습관을 발견하면 언성을 높이는 경향이 있다.
하지만 그것이 문제 해결의 방법이 아님을 당신은 이미 알고 있을 것이다.
지금 당신은 적절한 대안을 찾지 못해 힘겨워 하고 있지는 않은가.
내 아이가 명품 인생으로 살아가길 희망하는 부모라면 이 책에 귀를 기울여 보자.

❀ 내 아이가 세상의 중심에 우뚝 설 수 있게 하는 방법!

이 책은 잘못된 공부습관과 대인관계 형성 등의 문제 등을
87가지 이야기를 통해 알아보고 그에 걸맞는 올바른 해결책을 제시해주고 있다.
이 한 권의 책을 통해 똑소리 나는 부모가 되어보자.
그리고 내 아이가 최고의 명품으로 거듭날 수 있도록 노력해보자.
이 책은 분명 당신에게 꼭 맞는 효과적인 자녀교육서가 될 것이다.

 세상을 보는 또 하나의 창 - inthebook.net
유행이 아닌 자유추구 - chungeoram.net

Book Publishing CHUNGEORAM

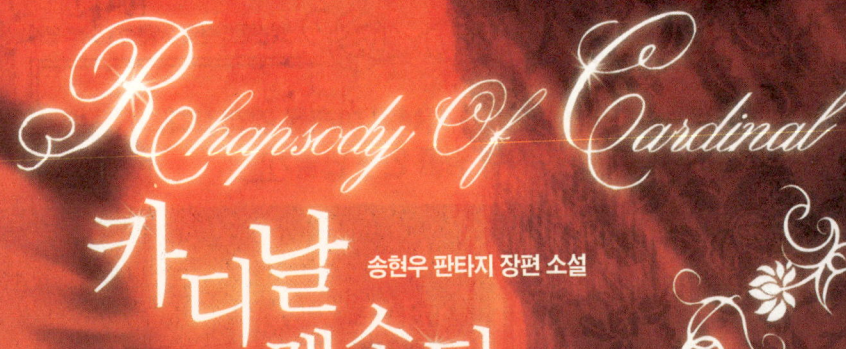

카디날 랩소디

송현우 판타지 장편 소설

놀라운 경험(the enormous experience)!

He created a completely new world.
It is a place who have never known and where never been able to imagine.
This splendid world will introduce the enormous experience for the person only who reads.

그 누구에게도 알려진 것이 없으며 상상조차 할 수 없었던 새로운 세계를
작가는 완벽하게 창조해내었다.
이 멋진 세계는 독자들만이 체험할 수 있는 놀라운 경험으로 인도할 것이다.

판타지는 허구다? 아니다. 판타지는 일상이다.
우리의 삶은 연속된 판타지의 연장선상에 놓여 있고,
상상은 우리의 일상을 더욱 살찌운다.
『카디날 랩소디(Rhapsody of Cardinal)』를 경험하는 독자들은
더욱 풍부한 일상 속에서 새로운 삶을 경험할 것이다.
멋진 만남! 흥미로운 경험! 이것이 『카디날 랩소디』가 가진 장점이며,
작가 송현우가 독자들에게 바라는 꿈이다.

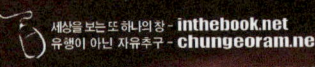

세상을 보는 또 하나의 창 - **inthebook.net**
유행이 아닌 자유추구 - **chungeoram.net**

Book Publishing CHUNGEORAM